国韵故事汇

博浪沙

秦汉隋唐故事十七则

上海图书馆 编

生活·讀書·新知 三联书店

图书在版编目(CIP)数据

博浪沙:秦汉隋唐故事十七则/上海图书馆编.
—北京:生活·读书·新知三联书店,2017.12
(国韵故事汇)
ISBN 978 - 7 - 108 - 06152 - 2

Ⅰ.①博… Ⅱ.①上… Ⅲ.①历史故事 - 作品集 - 中国 Ⅳ.①I247.81

中国版本图书馆 CIP 数据核字(2017)第 279302 号

责任编辑 成 华 徐旻玥
封面设计 刘 俊
责任印刷 黄雪明
出版发行 生活·讀書·新知 三联书店
         (北京市东城区美术馆东街 22 号)
邮 编 100010
印 刷 常熟文化印刷有限公司
版 次 2017 年 12 月第 1 版
         2017 年 12 月第 1 次印刷
开 本 650 毫米×900 毫米 1/16 印张 12
字 数 104 千字
定 价 29.00 元

编者的话

本丛书原为上海图书馆所藏、于 20 世纪上半叶由大众书局刊行的"故事一百种",其内容多选自《东周列国志》《三国演义》《水浒传》《隋唐演义》《说岳全传》《英烈传》等经典作品,并结合民国时期的语言、见解、习俗进行了不同程度的改写,既通俗易懂、妙趣横生,又留有一番古典韵味,是中华传统文化及语言的珍贵遗存。

初时,各则故事独成一册,畅销非常,重印达十数版之多。因各册页数较少,不易保存,今多已散佚,全国范围内,仅上海图书馆藏有较多品种。现将故事根据所述朝代重新整理分册,将竖排繁体转为横排简体,并修正了其中的漏字、错字、异体字,根据现代汉语语言规范对标点符号进行了统一处理。

为还原特定时代的故事面貌与语言韵味,编者仅就明显的语言错误做出修正,在保证文从字顺的基础上,尽可能遵照原文。书中所述历史人物与事件,或有与史实相出入处,也视为虚构文学作品予以保留,并未擅自修改。此外,还保留了原书中的全部插图,以飨读者。

目录

博浪沙

话说，秦始皇既并六国——韩、赵、魏、燕、楚、齐，统一疆宇，分天下为三十六郡，遂大兴土木，创立宫殿，又时时命驾出游，巡行天下。一日，心念一旦身死，恐帝位不能长保，遂与近臣计议，欲求长生不死之药。

燕人宋无忌奏曰："东海中有三神山，山中有十洲三岛，蓬莱方丈，八节如春，四时清明，不知寒暑，不识甲子。中有长生不死之药，服之可以寿算无穷也。"始皇曰："卿曾见此仙境否？"无忌曰："臣有一方士徐福，曾到东海，见蓬莱方丈，遇神仙乘鸾驾鹤，亦与凡人不同，现在臣家暂居。"

帝闻说，就召徐福入见，求长生不死之药。徐福曰："求药不难，入海得真药为难；若必欲得此药，须臣入海，方可得也。"帝曰："如求得此真药，与卿共食，不亦美乎？"福曰："必欲臣去，须用大船十只，诸色匠作，皆须预备，又要童男童女，各五百名，凡金珠宝

贝,饮食器用之类,俱不可缺,打点整齐,臣便起行。"帝即传令,打造船只,各色完备,着徐福过海采药。

徐福撑驾船只,入海访仙,一去杳无音信。帝见徐福去久不回,心甚焦急,又着儒士卢生入海寻访。

卢生行至海边,见惊涛万顷,烟雾茫茫,不知所往,遂嗟叹良久而回。自思劳民动众,费了许多财物,如果空回,始皇必加谴责,遂领数从人,往名山,遍访真迹。行至东华绝顶,见一人蓬头垢面,卧于石上不起。卢生寻思此高处,人不可居,此人居之,定是异人,遂虚心向前施礼。其人起问曰:"公是何人? 来此何干?"生曰:"某奉始皇命,来此访仙,

求长生不死之药。"其人笑曰："天数已定，大限难逃，世上安
有长生不死之药？始皇可谓误矣！"卢生见其人言语不凡，
再三哀告恳切，务要指示迷途，其人乃取出一书，付卢生曰：
"此书当与始皇详看，上有死生存亡之数。"卢生再要细问来
历，其人复卧于石上，合眼不语。

　　卢生得书，回见始皇，说："东海茫茫，不知边岸，寻访徐
福，杳无踪迹。臣至东华绝顶，见异人授书一册，不敢隐讳，
即将原本进上。"帝将书展开观看，上写蝌蚪文字，言语多隐
讳，不可通晓。帝命李斯详译字义，中有一言，说："亡秦者，
胡也。"帝大惊曰："此必谓亡秦之天下者，乃北胡也。"遂令
蒙恬起人夫八十万，沿边高筑长城，以防北胡。

　　始皇既命蒙恬北筑长城，又传令西建阿房，兴工动众，
连络不绝，改变制度，大肆更张，又恐人非议其过，乃听李斯
之计，尽烧历代诗书，卢生谏曰："儒生皆诵诗读书，今陛下

以重法绳之,臣恐天下不安也!"始皇大怒,并烧毁百家之书,坑杀儒生四百六十余人。

却说韩国城西三十里,浅山脚下。有一酒店,有几个乡老在内饮酒。将至半酣,各人谈天论地,说古道今,内有一老,姓赵名三公,言说:"五百年前,天下太平,人人快乐。"众老便问:"如何是太平?"公曰:"三日一风,风不摧折林木;五日一雨,雨不打伤禾稼。盗贼不生,夜户不闭,行人让路,道不拾遗。边庭无征战之劳,朝野无奸邪之患。五谷丰登,天下安乐,此便叫作太平时节。"众老又问:"现时如何?"公曰:"此时法度严谨,不敢说。"众老便道:"我等僻处乡村,又无外客,你便说何妨?"赵三公只是摇头不说。此时酒店旁边忽闪出一个人来,那人高冠博带,布袍草履,面如美玉,目若朗星,便道:"你不说,听我说。"众人恭听。那人便说:"现时秦始皇暴虐无道,男不耕种,女罢机织;父子分散,夫妇离别;北筑长城,西建阿房;焚书坑儒,大肆狂悖,民不聊生,天

下失望。"那人说罢，只见那赵三公便起身就走。众老拖往道："你如何便走？"三公道："你众人不畏死耶！今始皇法度，偶语者弃市，我等被人捉去，皆不得活矣。"众老听罢，一齐都走了。那人呵呵大笑曰："愚人无知，但此不世之恨，我又从何处发付耶？"

原来此人乃韩国人，姓张名良，字子房，五世相韩，因始皇灭了韩国，一向怀恨在心，只要与本主报仇，用千金结交天下壮士，欲杀始皇，因遇见几个乡老，不觉说出这几句话来。良见乡老走了，亦欲回身出门，忽店后走出一位壮士。只见那人，身高一丈，相貌堂堂，向良长揖，便曰："贤公适言始皇无道，想要为天下除此暴秦，如有用我之处，自当与公出力。"良曰："此处不可说话，便请壮士，到某家求教。"壮士同良到家，分宾主坐定。良便问壮士姓名。某人曰："某姓黎,住居海边,人称某为沧海公。颇有膂力,单管天下不平事。适见公器宇不凡,语言出众,必是奇特之士,故敢剖露肝胆。愿闻姓名,有何指教?"良曰:"某韩国人,姓张名良,五世相韩。今韩被始皇所灭,愿破千金求士,未得其人。今遇壮士,大遂吾愿。况今始皇无道,天下切齿,公若奋力,诛灭此无道,与六国报仇,天下仰德,青史标名,万世不朽矣。"壮士曰:"谨遵公教,决不食言。"良遂留壮士在家,打听始皇东巡何处经过。

后数日,良得知始皇从阳武县过来,良却令壮士在高阜处张望。见始皇车驾,将行过三里远,正行到博浪沙(在河南阳武)。壮士只见黄罗伞盖之下,想是始皇,即大步奔走向前,用力举起铁锤,将车驾打得碎粉。原来始皇恐人暗算,常有副车在前,壮士不知,误中副车。早有护驾御林军将壮士捉住。始皇追问:"谁人主使?"壮士切齿睁目,大骂

曰："吾为天下诛汝无道,岂有人使之耶?"子房见事不成,暗暗叫苦,即于人丛中走脱。始皇又令赵高勘问,壮士不肯招出何人主使,乃撞柱而死。

始皇却令天下大索主使之人,十日不获。子房遂逃难于下邳友人项伯家隐藏。项伯乃楚将项燕之后也,与良交甚厚,遂留居住不疑。

一日,良因偶出城外圯桥边闲立,忽见一老人,身着黄衣过桥,偶然堕履于桥下,遂呼良曰:"孺子可将吾履取来!"良见老人仙风道骨,与寻常人不同,遂向桥下取履,跪而进之,极其恭谨。老人曰:"孺子可教矣。"遂指桥边大树曰:"汝于后五日,早晨此处等我,我与汝一物,不可违也!"至五日,子房早起到树边,见老人坐于树下,老人曰:"孺子与长者约,何如此迟耶? 汝且退,后五日,当早来! 子房至后五日,五更时复往,又见老人先坐于树下相等,怒曰:"孺子何懒惰如此? 且退,后五日,当早来!"子房至第五日,先夜不寐,即来树下等候,不时老人忽然来到,子房一见俯伏拜迎,月明之下，见那老人时，比前更精彩：道袍竹杖，皮冠草履，飘然而来，宛如神仙。子房跪而言曰："愿领教。"老人曰："汝年富力强，勤心就学，他日贵显，当为帝王之师。幸今相遇，千载奇逢。授汝秘书三卷，为韩报仇，名垂万世，与日月争光。不可负也！"

言讫，飘然而去。子房收了书，回到项伯家，开卷看时，名曰《素书》。暗读默记，自觉心胸开豁，识见精明，与前迥然不同。后遇汉高祖灭秦成帝业，果为王者之师。

鸿门宴

话说，秦始皇三十七年，东巡至赵，崩于沙丘。赵高等乃奉始皇少子胡亥即位，是为二世皇帝。

诸侯闻始皇已崩，知百姓久苦秦苛法，遂纷纷举兵伐秦。时下相人项梁与侄项籍及沛人刘邦亦招集四方之士，聚兵起义。

项籍字羽，乃楚将项燕之后，目有重瞳，力能扛鼎。刘邦字季，素不事生产，贪酒好色，乃一泗上亭长耳。

项羽既起义，诸侯兵望风而来，声势益盛。秦二世二年十一月，大破秦将章邯兵三十万，章邯九战不胜，乃降羽。

时楚怀王在彭城，项羽与刘邦引兵见怀王。怀王封项羽为鲁公，封刘邦为沛公，令各休养士卒，待时进攻。

二世三年春二月，细作自咸阳来，传说二世大肆暴虐，赵高专权害人，日甚一日。项羽闻知，奏启怀王曰："臣今久练兵马，正好征进，以杀此无道，岂可容其大乱以害百姓。"怀王曰："吾正欲遣

汝二人,分路伐秦,汝今此奏,正合吾意。"遂命项羽领兵由东路进攻,刘邦由西路进攻,以先入秦都咸阳者为王。二人遵令而行。

却说,刘邦兵近峣关,守将星夜具表告急,赵高大惊,不敢奏知二世,恐二世见诛,乃托病不朝。未几,二世闻知,遣使责赵高。赵高遂弑二世,迎二世侄子婴为帝。子婴称疾不行,赵高亲往见之。子婴遣使斩赵高,夷其三族,自立为三世皇帝。

刘邦兵抵关下,乃用张良计,遂破关,领兵至灞上,子婴不得已乃降。邦引兵入咸阳,封府库,收图籍,收买民心,与父老约法三章:杀人者死,伤人及盗抵罪,余罪量情轻重处之。仍还兵屯灞上。

却说,项羽既定河北,率领诸侯,欲西入关。刘邦闻知曰:"彼若来,吾不得王于此地矣。"遂使人守函谷关,拒项羽。项羽不得入,欲破关而进。刘邦自思兵力弱,不及项羽,乃开关延入。

羽既进关,兵至鸿门下寨,探得刘邦行事,知必欲遵怀王之约,甚是不乐。次日升帐,聚集大小将官,正议事间,辕门外小校报曰:"有沛公左司马曹无伤差人持书报机密事。"羽曰:"召进来!"其人持书上见,羽拆书观看,曰:

天下苦秦残暴,百姓不能安宁,幸赖明公神武,干戈西指,秦竟束手,明公之功,金石不磨矣。若沛公碌碌,不过因

人成事耳！假借威力，侥幸入关，正当静候尊令，仰听指挥，庶不没人之善。今因遣兵据守，恐难支持，姑从密议，智赚入关，意要整甲挥戈，与公为敌，布告中外，必欲如约以王关中。臣虽沛公部下，而实楚臣也，于心不甘，特书上启，仰唯明公察焉！

鲁公看罢书，大怒！召军师范增等计议。范增曰："沛公居乡时，贪财好色，人皆贱恶之；今入关中，财物无所取，妇女无所幸，与民约法三章，安抚百姓，收买人心，其志不在小也，明公宜急差人攻击，不可待养成根本，恐难动也。"

羽曰："善。"即欲点兵，范增止之曰："此时且未可就行。

兵法十则围之，五则攻之。沛公兵有十余万，将有樊哙等五十余员，况先到关中，深得民心，手下谋士甚多，俱有准备，我兵初到，未可遽动。某有一计：今晚三更时候，整率人马，分兵两路，杀奔灞上，擒刘季杀了，以绝后患。"羽曰："善。"随即吩咐诸将，照各营点扎兵马伺候，不题。

却说项羽族叔项伯素与张良交好，知道这个消息，暗思："友人张良，现在灞上，若今晚打破营寨，玉石俱焚，张良性命难保，若欲差人密报，恐两家俱有伏路军校，又恐去人不得，反惹起事来。等待近晚，我亲走一遭，方得停当。"项伯如此暗地思想。

张良同刘邦议事毕，回到帐后，偶看天上气色，时将近晚，忽见东南隅生起一缕杀气，十分厉害，因又到中军来。刘邦曰："先生如何尚未歇息？"良曰："方才见天上气色不好，今晚恐有楚兵来劫寨，其势不小，须急作准备。"刘邦曰："我兵微将寡，楚兵势众，如何敌得过？愿先生妙策解救。"

良曰："明公放心,容良思之。"

再说项伯等到黄昏时分,牵一匹能行快马,出到辕门外,方才要行,只见丁公拦住便问:"公往哪里去?"伯曰:"急欲打听军情事去。"丁公见是自家人,又是鲁公至亲,便不细问。项伯离营加上两鞭,急走如飞。将近灞上,有二十里远,遂有巡哨副将夏侯婴拦住去路,就问:"汝匹马夜行,又无从人,急往灞上来,有何事干?"伯曰:"我要见张子房,有急事相告。"夏侯婴就同项伯到子房营寨,先差守门兵传报与守门官,守门官传报与中军左哨,然后夜巡官击柝三声,中军左哨小角门开半扇,有一健将出来,高声问道:"有甚军情?"当时夏侯婴近前传说:"某巡视左哨二十里远,遇一男子,不识姓名,自称是子房朋友,匹马只身亦无军器,未敢擅进,专候台旨。"那健将复又进内传报。张良正与沛公议事,来人忽报有子房故友在外,急欲求见,良大喜,急出与项伯相见,遂邀坐于帐后。项伯将鲁公劫寨之事,告知子房,就要起身。良曰:"我随沛公至此,今闻急而不顾,不义也,不可不告知,请公稍坐。"良转入中军,见沛公具说前事,公曰:"此事如何?"良向刘邦耳边低说如此如此。良出见伯曰:"请兄见沛公一面,以诉衷曲。"伯曰:"我之来此,专为子房也,何必再见沛公?"良曰:"沛公长者,不可不一见也。"再三坚请,项伯遂同子房入见。沛公整衣出迎,延之上坐。项伯备说鲁公嗔怪之意。刘邦遂置酒款待,告诉衷情,彼此各无嫌疑。乃曰:"闻公有贤嗣未婚配,如不弃,愿将吾女与公子结为婚姻,以报今日之德。仍望回营,将邦所告真情,乞赐转达,绝无抗拒之意,倘鲁公回心,某得再造,皆公之赐也。"伯谢曰:"今日两家为敌,与公结好,恐人疑议,某不敢奉命也。"良曰:"不然,刘项曾拜兄弟,受约共同伐秦,今得入咸阳,大事已定矣,结为婚姻,正是相当,又何辞焉。"张良遂将项伯衣襟,与刘邦衣襟,结在一处,用剑各分一半,与二家收执。项伯只得依允,与沛公行礼。又饮酒数杯,伯辞谢曰:"明日不可不早来鸿门见鲁公,以解此怒。所告之事,某与公转达,料鲁公必不见罪也。"张良遣夏侯婴领二十骑军卒送伯回营。

却说二更时分,范增请鲁公:"此时好动人马。"鲁公即升帐查点诸将佐,内中少一项伯,增曰:"项将军如何不见?"丁公曰:"项将军在黄昏时候,一骑出营东走,被我拦住,说是打探军情事……。"增曰:"明公不必动兵,项将军定是走漏消息,他那里绝有准备,若去,反中其计矣。"羽曰:"我叔父为人忠诚,又是至亲,岂有向外之理? 先生不必多疑。"增曰:"项将军虽不向外,但机事须要严密,若稍有漏泄,便难举动。古人云:'机不密,则害成。'今晚不必动兵,再作区处。"言未毕,人报项老将军到来。项伯入营来,羽问曰:"叔父何往?"伯曰:"吾有一故友,韩国人,姓张,名良,与我极厚,恐今晚动兵,此人性命难保,我密与他一言,着他回避。

因问刘季入关事体，他说：'刘季并无毫厘别意，遣将守关，不过防秦余孽耳，非敢拒楚也。实物子女，皆封锁不敢动，子婴亦不敢发落，专候鲁公。'某想来若不是刘季先入关，我等如何兵不血刃，容易便得入关，此亦他有功处。人有大功，而听小人之言，反要加害，似于理不可。他明日要来谢罪，公可从容相待，庶不失大义。"羽曰："就叔父所言，刘季似无大罪，若今日动兵，反使诸侯耻笑。"增曰："某之劝公杀刘季者，以刘季自入关来，约法三章，收买人心，其志实要谋取天下，若今不早除之，恐生后患。老将军被张良巧言瞒过，未可相信，幸明公思之！"伯曰："先生杀刘季自有妙策，又何必夜半劫寨，为此袭取之道哉？"羽曰："叔父之言是也。先生当再定计。"增曰："某有三计，可杀沛公，请明公决之。"羽曰："是甚三计？"范增曰："刘邦乃心腹之患，今日乘此机会，不即诛灭，他日养成胚胎，明公悔之晚矣。某之三计：第一，请刘邦赴鸿门宴会，未入席时，明公即责入关三罪，如彼不能答，拔剑斩之，此为上计；如公不欲自行，可令帐下埋伏百余人，沛公入席后，某举所佩玉玦以为号，即唤出伏兵杀之，此为中计；如二计不成，着一人斟酒，劝沛公大醉，酒后必失礼，因而杀之，此为下计。若依此三计，杀沛公必矣！"羽曰："三计皆可。"于是，羽传令各大小众将，俱要准备，着一伶俐小校，下书请沛公赴会。

小校持书来灞上见沛公，其书曰：

鲁公项籍，书奉沛公麾下：初与公受怀王约，共伐暴秦，以安百姓，今幸关中收附，嬴氏族灭，神人咸悦，凯歌允奏。理宜设宴，以庆亡秦，公为元勋，务望早临，以倡群僚。不宣。

刘邦看罢书，与张良、郦生、萧何等计议曰："此会非嘉会，乃范增划策，生死所系，不可轻往，恐入陷阱，性命绝难保矣。诸君以为何如？"萧何曰："鲁公兵势浩大，难以抗衡，不若修一封回书，差一能言之士，将关中所有，纳归项氏，别求一郡，修整兵戎，再作区处。"郦生曰："某愿下书，就往说之。"良曰："二公所言皆非长策。良虽不才，愿保明公赴会，使范增无以用其智，鲁公无以用其勇，管教无事而回，他日仍为天下之主，料鲁公不敢加害也。"沛公曰："全仗先生妙策。"随打发小校回复鲁公，准定明日赴会。

却说范增告鲁公曰："刘季明日赴宴，明公当记所说三计，不可失也！"鲁公又吩咐将校，排列齐备，命丁公、雍齿把守寨门，不许人擅入。

次日，沛公领轻骑百人，心腹佐五人，张良、樊哙、靳歙、纪信、滕公径往鸿门而来，一路心怀恐惧，不时便叫张良近前曰："邦此行十分忧疑，恐有不虞，先生何以处之？"良曰："明公放心，我自有方略，但昨所云应答之言，须照此回复，自然无事矣。"正说话间，忽有一支军马到来，甲士雄壮，为首一将，乃英布也，大呼曰："奉鲁公命来接沛公。"下马行礼

毕,先行,刘邦随后到辕门,有陈卓出迎,立于道侧。刘邦方欲进去,只见营中威武森严,金鼓大作,遂立住不敢行,叫张良曰:"鲁公营内,恰如战场一般,全无些宴会和乐之意,似不可入。"良曰:"公既到此,进则有理,退则有屈,如一回步,必中其计矣!公可少立,待良入见鲁公,然后进营不迟。"良徐徐缓步入营,有丁公等把住辕门不放。良曰:"禀复鲁公,有沛公及藉士张良来见。"丁公入营见鲁公曰:"辕门外有沛公及藉士张良来见。"公曰:"何为藉士?"范增曰:"此韩国人,五世相韩,为人极有见识。今随沛公为谋士,此来必下说词。公当先杀此人,去沛公一肩臂矣。"项伯闻此言,急止之曰:"不可。鲁公今始入关,正要收天下之心,使多士如云,方成王业,如何无故杀此贤士?况张良与伯甚厚,如公爱之,某当荐举麾下,此人大有裨益也。"公吩咐丁公,召张良进见。良入营,见鲁公全装甲胄,仗剑而坐,良曰:"某曾闻明王之治天下也,耀德不扬兵,善御世者在德不在险,故大买深藏而不露，巨富蓄财而不侈，此老成长虑、识见高卓者之所为也。适见明公宴设鸿门，约会诸侯，亦一时之美举。某意到此，必笙歌节奏，宾主交欢，尽醉而散；不意甲士环列，戈剑森严，金鼓大震，一团杀气，深令人心不安，各思回避。况明公九战章邯，制伏天下，谁人不知？谁人不惧？不待恃强而自强，不待言勇而自勇，又何必大张声势，而后见其威武耶？现今诸侯在外，见明公全无宾主之礼，所以惧而不敢进内；某不避斧钺，入营进见，幸明公察焉。"项羽闻张良所言有理，遂令兵士退后，离营一里远，金鼓暂歇，又去甲胄并宝剑，更换官服，请众诸侯进营，丁公等吩咐各小校，传令不许多带从人，只许带文臣或武将一名伺候，答应沛公带张良进见。

刘邦趋立阶下鞠躬再拜，称名上见，曰："刘邦谨候明公麾下。"项羽正色而言曰："足下有三罪，可知之乎？"刘邦曰：

"邦乃沛县亭长,偶为众人所惑,举兵伐秦,得投麾下。凡有进止,唯公指挥,岂敢肆行无忌,干冒威严耶?"鲁公曰:"足下招纳降王子婴,遂尔释放,唯知独擅,而不知王命。罪之一也。要买人心,改秦法律,罪之二也。遣将拒关,阻诸侯之兵,罪之三也。"刘邦答曰:"容邦一言,申明心曲。夫降王子婴,倾心投降,若遽尔杀之,是独擅也,今暂监守,以候明公发落,非敢释放也。秦之法酷暴,百姓如在镬中,不速为更改,则法存一日,民受一日之害也,邦急为更改,正欲扬公之德,使百姓莫不日前驱开到者,尚能抚爱百姓,而为王师者,又不知如何抚爱百姓矣。又遣将守关者,非阻将军也,恐秦余孽复起,不可不防也。今日不意复见明公于此,邦之幸也。明公如念素好,俯赐怜悯,诚人君之度也。"鲁公是个性刚的人,喜人奉承,听了沛公这话,全无一毫杀他的心,遂以手扶起沛公,便道:"非籍责怪足下,只因你帐下司马曹无伤之言,故言足下有三罪,不然,籍何以至此?"沛公再拜称谢,遂相让入座。鲁公坐了主席,众诸侯以次皆列坐,大吹大打,作起军中乐来劝酒。范增见第一计不成,又见鲁公无杀沛公之意,那埋伏的人亦不敢动,遂以所佩玉玦,连举三次。鲁公见沛公谦逊柔和,因思刘季这人,岂能成得大事?范增只劝我杀他,今日请来赴会,无故便杀他,反使诸侯笑我无能,因此不从范增之计。增见项羽不看玉玦,心内急躁,自叹曰:"若今日不杀沛公,他日必成大患!"因避席急

出，要寻个杀沛公的人。正在筹划，却见一个壮士在帐后，大喜曰："这个人便可杀刘邦。"——此人姓项，名庄，乃项羽族人也。范增便附耳与庄言曰："君王为人虽性刚，中无决断。今日宴会，专为杀刘邦而设，虽再三举玉玦，全不理会，若今日放了刘邦，后日再无此机会矣！汝可入筵前，以舞剑为乐，因而杀刘邦，汝之功不小矣。"庄遂撩衣大步到筵前曰："军中之乐不足观，某愿舞剑，与诸公侑酒。"遂拔剑起舞，其意常在沛公。张良见庄舞剑，有杀沛公之意，急以目视项伯，项伯会张良之意，亦出席拔剑曰："舞剑须对舞，两锋交错，可以夺目，庶足以娱诸公。"羽曰："诺。"项伯仗剑，与庄对舞，常以身卫护刘邦，增深恨之。张良见事急，遂出席到军门外，丁公、雍齿拦住："子房先生何往？"良曰："欲出取玉玺。"丁公等只得放出。子房到外，见樊哙曰："今项庄舞剑,其意常在沛公,事急矣!将军若不舍命救援,倘主公被害,则如之何?"哙大步便行,良曰:"你且后来,待我先入营。"丁公等复拦住问曰:"取的玉玺何在?"子房用手回指,撑着衣袖,遂瞒过二人,来到席上,见项庄项伯,犹自舞剑,樊哙至寨门外,大呼曰:"鸿门设宴,随从人,均无毫厘酒饭,我见鲁公讨些酒饭吃。"遂带剑拥盾直入。丁公等意欲拦挡,怎当樊哙力大,将守门军士都撞倒,直进中军,用剑将帐帷挑起,到项羽面前,仗剑而立,头发上指,目眦尽裂。鲁公便问壮士何人?子房起身曰:"此沛公骖乘樊哙也。"又问来此何干?哙曰:"闻大王作亡秦庆贺之宴,无分大小,皆赐酒食,唯哙从早至午,尚未得餐,肚中饥渴,实是难忍,特求大王赐臣一餐。"羽命左右赐酒一卮,哙一饮而尽,又赐彘肉一肩,哙以剑切而食之。羽曰:"壮哉!汝尚能饮乎?"哙曰:"臣死且不避,卮酒安足辞?"鲁公曰:"汝欲为谁死耶?"哙

曰:"秦有虎狼之心,杀人无数天下皆叛之。怀王与诸侯约曰:'先破秦入咸阳者,王之。'今沛公先破秦入咸阳,丝毫无所取,妇女无所幸,还军灞上,以待将军,劳苦而功高如此,未有封爵之赏,乃听小人之言,欲杀有功之人,此又亡秦之续耳,窃为将军不取也。现今二士舞剑,意在沛公,臣不避诛戮,干冒盛筵,一则为饥渴而来,二则为沛公申此屈抑,臣所以死且不避也。"羽回嗔作喜曰:"沛公有如此骖乘,真是壮士!"遂令项庄不必舞剑。有顷刘邦见羽大醉,只说入厕,即出辕门,丁公、雍齿拦住,张良急出曰:"传鲁公令,众诸侯不胜酒力,着放出。"丁公只得放出。樊哙保着出营,靳歙、纪信同从人接着沛公,急走小路回灞上。范增因计不成,又见鲁公大醉,甚恼恨,退至后帐纳闷。

却说项羽酒醒,要寻刘邦,张良急转到帐前曰:"沛公力不胜酒,已告过大王,蒙吩咐着回灞上去,留张良在此谢酒。"羽大怒曰:"刘邦不辞而去,汝尚巧说!"范增听得羽发怒,急来见鲁公曰:"刘邦言虽柔和,实含奸诈,前献三计,明公统不见信,今观不辞而去,实是欺侮!放沛公回灞上,皆是张良之计,公不可听遮饰之词。"羽闻增言,愈加暴怒,吩咐左右将张良斩讫报来。只见张良大叫曰:"冤哉冤哉!大王勿怒。臣本韩国人,沛公原非主也,臣何故与他遮饰?大王威震天下,谁人不惧?若杀沛公,如反掌之易耳,何必以设筵为由?筵前杀人,甚非长策,使天下诸侯闻之,皆以大王不敢与沛公为敌，却赚来鸿门杀之，纵得天下，不能名正言顺。愿大王赦臣回灞上。将传国玉玺，并各样珍宝，取来献与大王，那时即位为天下之主，名分自正，天下归服，若今日杀臣，使沛公闻之，绝逃走他国，将玉玺或献与他人，或弃毁不存，大王失此重宝，岂不所见之误耶？"项羽闻张良之言，便着放了，曰："子房之言是也，不然，使天下之人，笑我力怯。况我干戈已定，四海归心，量刘邦草芥耳。岂足与我为敌？若听范老之言，几坏我事！"遂令张良回灞上："快将玉玺珍宝献来，若再抗违，绝统雄兵，将灞上踏碎，汝等难以保命矣！"张良曰："谨遵大王之命。"便拜辞回灞上，来见刘邦。刘邦再三称谢曰："若非先生，邦之命休矣！"即将曹无伤拿出，斩首示众。

霸王别姬

话说，项羽与刘邦自从鸿门宴后，项羽自称西楚霸王，刘邦称汉王，彼此劳师动众，至互天下，相持数年之久。至汉五年，汉王领兵一百万，攻击霸王，霸王兵败。汉王围霸王于垓下，又教士卒共唱楚歌，以乱军心。楚兵闻之，人人涕泣，遂散去大半。

时夜已三更，霸王方睡，闻楚歌，乃大惊曰："汉已尽得楚乎？是何楚人之多耶？"裨将周兰、桓楚急到帐下泣曰："楚兵闻歌声，大半皆逃去。唯臣二人纠聚余卒八百余人，卫护大王。愿大王乘此时，同臣等急冲杀出去，尚可脱此重围，不然，汉兵知楚营空虚，协力攻击，兵微将寡，何以御之？"霸王闻说，不觉泪下数行，长叹曰："天其亡我乎！"左右亦皆泣下，莫敢仰视。霸王遂进后营来，时有美人虞姬随侍营中，见霸王面有泪痕，急起而问曰："大王何为悲泣如此？"霸王曰："楚兵将士俱已散去，现今汉兵围攻甚急，我欲辞汝冲杀出去，再三思量，不忍遽舍。我想与汝相守数年以来，朝夕未尝暂离，虽千军万马之中，亦同汝相随而行。今一旦与汝长别，恋恋之怀，伤感于中，不觉泪下！"

项羽

虞姬听罢,相向失声,哽咽了半晌,遂告霸王曰:"妾蒙大王眷爱,感激万分,今不幸遭此乱离,大王欲舍妾而去,妾如刀割肝肠,岂容远别?"遂扯住霸王袍袖,泪珠满面,相偎相倚,甚难割舍。霸王乃命左右置酒帐下,与姬饮数杯,乃作歌曰:

力拔山兮气盖世,时不利兮骓不逝,骓不逝兮可奈何?虞兮虞兮奈若何!

霸王歌罢,复与姬饮数杯,又歌数阕。虞姬因而和之曰:

汉兵已略地,四面楚歌声,大王意气尽,贱妾何聊生?

霸王与姬唱和会饮,已至五更,周兰、桓楚在帐外催促曰:"天将明矣!大王可急急起行。"霸王遂泣而别姬曰:"吾将行矣!汝当保重。"姬曰:"大王已出重围,置妾于何地?"

霸王曰："以汝姿色,刘邦见之必定收留,料不至杀伤也,汝何患无地耶?"姬曰："妾难随大王之后,杂于众军中,可出则出,不可出则死于大王马前,阴魂随大王过江,归于故土,妾之心也。"霸王曰："万军之中,戈戟在前,军士围绕,骁勇之人尚不敢进,况汝从来娇柔,又不能驰骑,徒丧半世青春,诚为可惜!"姬曰："愿借大王宝剑,妾假装男子,紧随大王之后,务要出去。"霸王遂拔宝剑递与姬,姬接剑在手,泣而告曰："妾受大王厚恩,无以报大王,愿一死以绝他念!"遂一剑自刎而死,霸王掩面大哭失声,周兰劝曰："大王当以天下为重,何自伤如此!"

于是霸王骑乌骓,领八百楚兵冲杀头阵,汉将灌婴即领本部人马拦阻。霸王跃马横枪,直取灌婴。战十余合,婴乃败走。霸王不去追赶。只径透重围,奋力冲杀,汉兵不能抵挡。灌婴急报入中军,汉王同大将韩信领兵分头追袭,四面

围绕。时周兰、桓楚断后,遇汉将刘贾、王燧、周从、李封截住去路,周兰、桓楚回看楚兵,只有数十骑,势已孤立,欲冲敌众将,力不能支,又恐被汉兵所获。仰天长叹曰:"臣力至此,不能支也!"遂引刀自杀。随从之人皆被害。

不说周兰、桓楚自杀。却说汉王大兵分头追赶霸王,霸王杀透重围,急急奔逃,遂迷道。霸王四望俱是小溪夹路,又见后面尘土大起,金鼓振天。忽见一农夫在道旁,霸王问曰:"从何处可往江东去?"田父见霸王甲胄异常,自思此必霸王也,沉吟未答。霸王又问曰:"汝勿得恐惧,我是霸王,因汉兵追赶在后,欲渡江往江东去,但不知从何路可往?"田父欺其不知,即谎言曰:"当从左路而往。"霸王遂往左走,行未一里,陷于大泽中,几不能出,幸赖龙马乌骓一跃而起,才得前进,忽见杨喜一支人马到来,霸王知是杨喜,乃言曰:"吾今人困马乏,又陷大泽中,方才得出,力不能与敌,汝当时曾随我数年,不若与吾同过江东,再整兵马,封汝为万户侯,共享富贵,何必追我至此?"杨喜曰:"大王不纳忠谏,不惜贤士,遂至于此。纵使过江,终不足以成大事。臣今事汉,真得其主矣!奉命追至此,念大王故旧,不敢无状。幸即投降,同见汉王,不失封王之贵。"霸王大怒,举枪真取杨喜,杨喜来战霸王,二马相交,兵器并举。战到二十回合,霸王按下枪,举鞭往杨喜打来,杨喜急闪时,左臂上已着一鞭,打落下马,霸王方欲举枪下刺,早有汉将杨武、王翼、吕胜、

吕马通一齐俱到，扶杨喜上马退回后阵。众将来敌霸王，霸王与众将交战。

后面汉将英布、彭越、王陵、周勃分头围绕上来，霸王不敢恋战，兜转向前而走。回见相随者，只二十八骑。自料必不能得脱重围，又觉身体困乏，天渐昏黑，路小山多，树木丛杂。左右曰："大王连日驱驰，未得饱食，臣等随大王万死一生，亦未得食，马又未沾水草，乘此树木丛杂之中，汉兵围绕在外，且因路狭树多，彼未敢遽进，大王可到前村，寻一民房，暂歇半时，挨到天明，方好行走。况如此昏黑，倘或前进，误入溪泽中，人马疲乏之甚，绝难逃生。"霸王从其言，遂徐徐寻路。遥望林木间，微露灯光，知是人家。霸王与众入到大林边,不见灯光,只有一古院。众人便道:"院中亦可暂歇,请大王下马。"

霸王同众人进院,两廊寻问,人俱不见,寻到后院,有数老人,围炉而坐,小卒便问:"院中如何不见众人?"老人曰:"看院者原有二十人,近闻楚汉交兵,遂皆逃去。我等是近村人家,众人恐院中遗失物件,遂教我等年老无用者,在此看守。但不知汝等是何人?昏夜至此,有何事干?"小卒曰:"今有西楚霸王被汉兵追赶到此,夜晚不能前进,欲投院中暂歇一宵,明日早行。"众老人听说是霸王,急起身出来请霸王进屋内设座。众老人近前又拜曰:"山野村民,不知礼节,乞大王恕罪。"霸王曰:"尔众老人在此,有米粮否?可做饭与众人用,待过江时,用汝一石,当以百石补之。"内有一老人素读书,近前曰:"大王建都彭城,此处皆楚地,正是大王所管之处,费用少许粮米,岂敢望补?"霸王闻说大喜,众老人遂凑米一石有余,付与众军士生火,担水,做饭,煮熟先进

饭与霸王,然后众军士分用毕,霸王遂寝。

将至半夜,小卒进报曰:"汉兵又杀到林前,请大王急起前进。"霸王紧束衣甲,扣辔鞍马,杀出林来。汉兵分在两边,一将举兵器迎来,乃灌婴也。霸王方与婴交战,随后杨武、吕胜、柴武、靳歙相继而来,霸王不敢恋战,奋力向前冲杀,三军不能挡。天明,诸将随后追袭五十里。霸王勒马四望,只见汉兵重重叠叠,围绕上来,乃谓其从骑曰:"吾自起兵至今,凡八岁矣,身经大小七十余战,所挡者破,所击者服,未尝败北,遂霸有天下。今困于此,此天之亡我,非战之罪也!今日当决一死战,必三胜之,先与尔等冲杀重围,斩将刘旗。知天亡我，非战之罪也！"乃分二十八骑为四队，与汉兵相向。汉兵鼓噪大进，复围数重，霸王谓其从骑曰："吾为尔先杀彼一将。今尔等四面驰骑，期约至东山之下为三处，不可违也。"诸军曰："愿从大王之命。"于是霸王大呼疾驰而下，汉兵尽披靡，斩汉一大将。霸王遂与其骑，约会东山下，分为三处，霸王杂于其中。汉兵不知所在，又分兵三起围绕之。霸王举枪往来驰骤于三处，又斩汉将李佑，都尉王恒，杀汉兵数百人，及查楚卒，只亡其二骑。吕胜、杨武望见霸王杀汉兵，愤怒曰："项羽至此，尚杀吾汉兵，何乃如此之勇耶？"二将遂举兵器，冲杀而来，与霸王交战，未及十合，二将败走。一日之间，凡经九战，杀汉大将九人，杀兵一千余人，乃谓其骑曰："吾之与汉战，果何如？"众骑皆伏曰："大王真天神也！"

　　霸王一日九战，遂冲出重围，到大江北岸地名乌江。霸王欲渡江，乌江亭长泊船近岸相待，乃谓霸王曰："江东虽小，地方千里，大王素有重名，可聚众得数十万人，亦足王也。愿大王急渡勿失！况今臣独有此船在此，若汉兵至，彼绝不能过也。"霸王叹曰："天之亡我，我何渡为？且籍以江东子弟八千人渡江而西，今无一人还，纵使江东父老，怜而王我，我何面目见之？纵彼不言，籍独不愧于心乎？"亭长曰："胜败乃兵家之常。昔汉王睢水与大王交兵，被大王一阵杀汉兵三十余万，睢水为之不流。此时汉王独身逃难，几不能免,遂忍而至此。大王今日之败,不足介意,何必区区以八千子弟为言?愿大王急渡,汉兵将至矣!"霸王曰:"汝言虽善,吾心独甚愧。若汉兵至,唯付之一死耳!"亭长叹惜不已。

霸王见亭长泊船相待,久而不去,知为长者,乃谓曰:"吾知公为长者,吾有此马骑坐,数年以来,所向无敌,曾一日行千里。今恐为汉王所得,又不忍杀之,公可牵去渡江,见此马,即如见我也。此亦不相忘之意。"遂命小卒牵马渡江。那马咆哮跳跃,回顾霸王,恋恋不欲上船。霸王见马留连不舍,遂涕泣不能言。众军士揽辔牵马上船。亭长方欲撑船渡江,那马长嘶数声,往大江波心一跃,不知所往,众人大惊,亭长亦痴呆半晌,面如土色,遂放舟而去。霸王见马投江而死,叹惜不已。复与众兵士步行,持短兵与汉接战,又杀汉兵数百人。霸王身受十余创,忽于众汉将中,见汉将

吕马通曰:"尔非吾故友乎?"马通近前侧视,不敢正面,恐被短兵所伤,乃言曰:"臣实大王故友,不知大王有何相嘱!"霸王曰:"吾闻汉购我头千金,赏万户侯,吾念与尔旧交,今吾为尔德……"遂拔剑,自刎而死,随后杨喜、杨武、王翳,吕胜等俱到,皆以项王首级献功。项王以秦始皇十五年己巳生,乃于汉五年十二月乌江自刎而死,年三十一岁。

项王已死,楚地已定。汉王乃于乌江立庙,命有司四时享祭。

马援,字文渊,东汉扶风茂陵人。少有大志,诸兄皆奇之,因见家用不足,乃辞兄况,欲就边郡畜牧。况曰:"汝大才当晚成,良工不示人以朴,且从所好。"后为郡督邮送囚,至司命府,囚有重罪,援哀怜纵之,即亡命北地。遇赦,因留天水牧畜,宾客多归附者,遂役属数百家,转游陇汉间。曾谓宾客曰:"丈夫为志,穷当益坚,老当益壮。"因处田牧,至有牛马羊数千头,谷数万斛,既而叹曰:"凡殖货财,贵其能施赈贫乏也,否则,守钱奴耳!"即尽散与诸弟故旧。王莽末,官汉中太守,后乃归光武帝。

建武(汉光武帝年号)六年,隗嚣据陇西而反,汉兵击之,不利。

八年春,汉将来歙、蔡遵袭略阳,斩隗嚣守将金梁,因得其城。嚣大惊曰:"何其神耶?"帝闻得略阳,甚喜,曰:"略阳,嚣所依阻,心腹已坏,则制其支体易矣。"吴汉等诸将,闻来歙据略阳,各引兵驰赴之。帝急遣人分头追诸将还,曰:"隗嚣亡其要城,势必尽以精兵来攻,旷日久围,而城不拔,士卒顿敝,方可乘危而进。"隗嚣果使王元拒陇坻,

行巡守番须口，王孟塞鸡头道，牛邯屯瓦亭，自领其大众数万人围略阳。公孙述遣将李育、田弇，引兵助之，斩山筑堤，

激水灌城。来歙与将士固死坚守，矢尽发屋断木，以为兵器。器尽力攻之，数月不能破。夏闰四月，光武帝召吴汉、盖延、王霸、马成、马武、寇恂等，自将征隗嚣。又召马援，问攻嚣之道，援因说："隗嚣将帅，有土崩之势，攻之必破。"又于光武帝前聚米为山谷，指画形势，示众军出入之路，进守之方，往来曲

折,昭然明晓。光武帝大喜曰:"贼在吾目中矣,破之何难耶?"于是从援议,竟平隗嚣。

其后羌戎反叛,光武帝乃命马援为陇西太守。援即与拒武将军马成共击之,羌人大败,因移妻子辎重于允吾谷,欲阻马援军。援乃潜行径路,领兵掩赴其营。羌人惊溃,又远徙唐翼谷中,援又追迫之,羌人聚精兵于北山上,援即向山结阵,而分遣数百骑,抄袭其后,乘夜放火击鼓叫噪,羌人遂大溃,凡斩首一千余人。援因兵少,不得穷追,收其谷粮

畜产而还。建武十三年，武都参狼羌与塞外诸种为寇，杀官吏。马援又领兵四千人击之，至氐道县，羌在山上，援军据便地，夺其水草不与战，羌人穷困无计，其酋领数十万户，逃亡塞外。诸种一万余人，尽降马援，于是陇右肃清。

建武十六年，交趾女子徵侧及其妹徵贰造反，大乱南边。徵侧者，麊泠县雒将之女也，姊妹皆精通武艺，勇力超群，遂恃勇霸一方。太守苏定以法制裁之，侧愤怒，故反。于是九真、日南、合浦蛮夷皆应之，遂自立为王，攻取岭外六十余城。交趾刺史及诸太守，仅得自守，光武乃诏长沙、合浦、交趾备具车船，修筑道路，通障溪，储粮食，至十八年四月,乃拜马援为伏波将军,以扶乐侯刘隆为副,与楼船将军段志等讨之。于是发长沙、桂阳、零陵、苍梧兵万余人,随山开路千余里。至浪泊大战,贼败,斩首数千人,降者万余人。马援乘势追徵侧等,连败之,乃奔入禁溪穴中,援守之。时段志病卒,刘隆等追散余贼。明年正月,穴中食尽,徵侧、徵贰出战,援遂擒而斩之,传首洛阳,光武封援新息侯,食邑三千户。援乃杀牛置酒,劳飨军士,从容谓官属曰:"吾从弟少游常谓吾慷慨多大志,曰:'士生一世,但取衣食便足,守坟墓,居乡里,称善人,斯可矣。'当吾在浪泊、西里间,贼未灭之时,下潦上雾,毒气重蒸追念少游往昔之语,不可得矣。今赖诸君之力,被蒙大恩,得列爵位,且喜且惭!"吏士皆欢呼称颂。遂将楼船二千余艘,战士二万余人,击九真余党都阳等,自无功至居风,斩首五千余人,岭南遂平。

援所过,辄为郡县治城郭,穿渠灌溉,以利其民,百姓莫不欣服,又与越人申明旧制以约束之。日后骆越皆奉行马

将军故事。

二十年秋,领兵还京师,故人多迎劳之。援曰:"方今匈奴乌桓尚扰北边,欲自请击之,男儿要当死于边野,以马革裹尸还葬耳!何能卧床上,死儿女子手中耶?"其后援征五溪蛮夷,果卒于军。

班超通西域

班超东汉安陵人,字仲升,班彪之子,班固之弟。少有大志,不拘细节,然内实孝谨,能刻苦,有口辩,而涉猎书传。其兄固字孟坚,善属文,以父彪所续前史未详,乃博考深思,欲成其业。已而有人告固私造国史者,有诏下郡牧,拘固禁京兆狱中。超恐固不能自明,乃诣阙上书,得召见。超具言固所著述意,而郡亦上其书,明帝甚善之,召固诣校书郎,除兰台令史,使终成前书。固后积思二十余年,至建初(汉章帝年号)中乃成。即今所谓前汉书也。

初,固被召为校书郎,超与母随至洛阳,家贫,常为官写书以供养,久劳苦。曾投笔欢曰:"大丈夫无他志略,犹当效傅介子、张骞立功异域,以取封侯,安能久事笔砚间乎?"左右皆笑之。超曰:"小子安知壮士志哉?"后有相者,谓当封侯万里之外。超问其状,相者指曰:"燕颔虎颈,此万里侯相也。"久之,明帝问班固曰:"卿弟何在?"固对曰:"为官写书,受钱以养母。"帝乃除超为兰台令史,后坐事免官。及窦固出击匈奴,用超为假司马,领兵别击伊吾,战于蒲类海,多斩贼首而还,窦固以为能,遂又遣同从事郭恂俱使

西域。

　　班超到西域鄯善国，鄯善王广敬礼甚备，后忽怠懈。超谓其官属曰："君等觉广礼意薄乎?"官属曰："胡人不能长久耳!"超曰："此必有匈奴使来，狐疑未知所从故也。明者见于未萌，况已著耶?"乃召侍者，诈之曰："匈奴使来数日，今何在乎?"侍者惶恐曰："到已三日，去此三十里。"超乃拘侍者，尽聚其吏士三十六人，与共饮，酒酣，因激怒之曰："君等与我俱在外国，今匈奴使到才数日，而王广礼敬即废，如令鄯善拘吾等送匈奴，骸骨长为豺狼食矣。为之奈何?"官属皆曰："今在危亡之地，死生从司马。"超曰："不入虎穴，不得虎子。当今之计，独有因夜以火攻匈奴使者，使彼不知我多少，必大震惧,可尽灭也。灭此使者,则鄯善惊怖,功成事立矣。"众曰:"当与从事议之。"超怒曰:"吉凶决于今日,从事文俗吏,闻此必恐而谋泄,死无所名,非壮士也。"众曰:"善。"

初更,超遂领吏士奔匈奴使者营,值天大风,令十人持鼓藏胡营后,约曰:"见火起,皆当鸣鼓大呼。"余人尽持兵弩夹门而伏,超乃顺风纵火,前后鼓噪,匈奴惊乱。超格杀三人,吏兵斩其使,及从士三十余人,余众百许人尽烧死。明日,乃还告郭恂,恂大惊。超于是召鄯善王广以匈奴使者头示之,一国震怖。超告以汉威德,从今以后,勿再与北匈奴往来。广叩头,愿归汉无二心,遂纳子为质。还白窦固,固大喜,具上超功,并求另选使使西域。明帝曰:"能如班超,何故不遣,而另选乎?今以超为军司马,令遂前功,再往于

阗。"窦固欲益其兵，超曰："愿将本所从三十六人足矣。于阗国大而远，今领数百人无益于事，如有不虞，多为累耳！"是时，于阗王广德，新攻破莎车国，甚雄盛，而匈奴遣使监护其国。超既至，广德礼意甚疏，且其俗信巫，巫言："神怒，何故欲向汉？汉使有騧马，宜急求以祭我。"广德乃命国相私来比就超请马，超知其状，报许之，而令巫自来取马。有顷巫至，超即斩其首，拘私来比鞭笞数百，以巫首送广德，因责之。广德先闻超在鄯善杀匈奴使者，大惶恐，即杀匈奴使者而降。超重赐其王以下，因镇抚焉。于是诸国皆遣子入侍，西域与汉绝六十五年，至是乃复通焉。

明帝十七年冬，乃令窦固率领耿秉、刘张出敦煌昆仑塞，以击西域取车师。伊吾北通车师一千二百里，自车师前王庭，随北山陂河西行至疏勒，是为北道。南道西逾葱岭则出大月氏、安息诸国。北道西逾葱岭，则出大宛、康居、奄蔡、焉耆诸国。班超知汉必出白山击车师，遂从间道北至疏勒。疏勒东北为龟兹。龟兹王建，为匈奴所立，倚恃匈奴，据有北道，攻杀疏勒王，自立其臣兜题为疏勒王。超至疏勒，离兜题所居槃台城九十里，即差吏田虑先往说之。敕虑曰："兜题本非疏勒种，国人必不用命，若不即降，便可执之。"虑既到，兜题见虑轻弱，毫无降意。田虑因其无备，遂前劫缚。兜题左右出其不意，皆惊惧奔走。田虑驰报班超，超即前往，尽召疏勒将吏，说以龟兹无道之状，因立其故王兄子忠为王，国人大悦。忠及官属，皆请杀兜题，超欲示汉威信，不听，遂释而遣之。疏勒由是与龟兹结怨。

窦固等合兵一万四千骑，十一月击破白山虏于蒲类海上，遂进击车师。车师北与匈奴接，有前后部，其廷相去五百余里。窦固以后王路远，山谷深，士卒寒苦，欲攻前王。耿秉以为先赴后王，则前王自服。窦固计未决，耿秉奋然而起曰：“请前行！”乃上马，引兵北入。众兵不得已，遂并进，从兵抄掠，斩首数千级。后王安得震布，出门脱帽抱马足而降，其前王亦归命，遂定车师。窦固奏复置西域都护及戊己校尉。明帝十八年，窦固等罢兵还京师，班超留屯西域。

章帝初即位，群臣议罢边屯，帝纳之。建初元年，诏召班超回国。二年三月，罢伊吾庐屯兵，匈奴闻知，又遣兵守伊吾庐地。

班超被召将发还，疏勒举城忧恐，其都尉黎弇曰：“汉使弃我，我必又为龟兹所灭耳！绝不忍见汉使去。”因以刀自刎。超还至于阗，王侯以下，皆号泣曰：“依汉使如父母，诚不可去！”互抱班超马脚，不得行。超亦欲遂其本志，乃重还疏勒，疏勒两城已降龟兹，班超捕斩反者，杀六百余人，疏勒复安。

建初八年，班超欲遂平西域，上书请发兵。章帝知其可成，议欲给兵，而平陵人徐干上疏：“愿奋身助超。”章帝遂以徐干为假司马，领兵一千就超，超因击诸反叛者，大破之。

　　是年冬，章帝拜超为将兵长史，以徐干为军司马，别遣卫侯李邑护送乌孙使者。初班超以乌孙兵强，上言遣使招慰，上纳其谋。李邑送使者至于阗，适值龟兹攻疏勒，恐惧不敢前，因上书陈西域之功不可成，又言班超拥妻抱子，安乐外国，无内顾心。超闻之，遂去其妻。章帝知班超忠，乃责李邑曰："纵超拥妻抱子，思归之士千余人，何能尽与超同心乎？"令李邑诣超受节度。班超即遣李邑携乌孙侍子还京师。徐干曰："何不因诏书留之，更遣他吏送侍子乎。"超曰："是何言之陋耶？因邑毁超，故今遣之。内省不疚，何恤人言。"

　　班超发于阗诸国兵二万五千人击莎车，而龟兹王与温宿王合五万人救之。超召将校及于阗王议曰："今兵少，不敌,其计莫如各散去。"于阗从此而东,长史亦于此西归。龟兹王闻之大喜,自领万骑于西界遮超,温宿王自将八千骑于东界击于阗。超知二酋已出,密召诸部落兵,鸡鸣时,驰赴莎车营,胡人大惊乱奔走,追斩五千余人,莎车遂降,龟兹等遂各退散。初月氏曾助汉兵击车师,有功,是岁贡奉珍宝,因求公主为妻,班超拒还其使,由是怨恨,遣其副王谢将兵七万攻超。超兵少,皆大惧,超谓军士曰:"月氏兵虽多,然数千里逾葱岭来,非有运输,何足忧耶?但当收谷坚守,彼饥穷自降,不过数十日决矣。"谢既前攻超。不下,又抄掠无所得。超料其粮将尽,必从龟兹求食,乃遣兵数百于东界阻劫之。谢果遣骑赍金银珠玉以赂龟兹,超伏兵遮击尽杀之,持其使者之头以示谢。谢大惊,愿得生归,超纵遣之。月氏由是大震,岁奉贡献,而龟兹、姑墨、温宿诸国皆降。

和帝时班超为西域都护,徐干为长史。乃发龟兹诸国兵讨焉耆,到其城下,诱焉耆王广、尉犁王泛等于陈睦故城,斩之,传首京师。于是西域五十余国,尽纳质归降,至于海滨四万里外,皆重译贡献。超遣属吏甘英使大秦、条支,穷西海,皆前世所不至,莫不备其风土,传其珍怪焉。和帝下诏封超为定远侯。

超久在异国,年老思乡,上书乞归,曰:"臣不敢望到酒泉郡,但愿生入玉门关,谨遣子勇随安息献物入塞。"书上,未报。超妹班昭又上书请求,辞意尤为婉至,和帝感其言,乃召超还。永元十四年八月,至洛阳,拜为射声校尉,其九月病卒,年七十一。

初,超被召,以任尚代之,尚与超交代,谓超曰:"君侯在外国三十余年,而小人猥承君后,任重智浅,宜有以教之。"超曰:"塞外吏民,本非孝子顺孙,皆以罪过,徙补边屯,而蛮夷怀鸟兽之心,难养易败,今君性严急,水清则无大鱼,宜简易,宽小过,总大纲而已。"超去后,尚私谓所亲曰:"我以班君当有奇策,今所言平平耳!"尚屯数年,而西域反乱,以罪被召,如超所言。后遂罢西域都护,迎还屯兵。安帝时,北匈奴又以兵威,胁迫西域诸国,侵略边疆,长史索班领兵往屯伊吾,全军覆没。公卿议弃西域,闭玉门关。邓太后闻军司马班勇有父风,召问之,勇曰:"宜复敦煌营兵,置护西域校尉,如永元故事,又宜遣长史将兵屯楼兰,西挡焉耆、龟兹径路,南强鄯善、于阗心胆,北捍匈奴。"于是以班勇为西域长史,将兵五百人出屯柳中。勇至楼兰,开以恩信,鄯善、龟兹、姑墨、温宿皆归附,因发其兵到车师前王庭,击匈奴,又击后部王军就,大破之,生擒军就及匈奴使者,将至索班没处斩之。传首京师。至顺帝时,诸国皆平,大击匈奴,呼衍王遂远徙。自后西域,无复虏迹。

木兰从军

话说,古时有个女子唤做花木兰,是北方人。生来眉目清秀,声音洪亮,与寻常女孩子不同。年幼之时,就很喜欢耍弓弄箭,到了十多岁,偏喜识几个字儿,谈谈兵法。及至十七岁,外表竟像一个男子,北方人家女工有限,弓马是家家备的,木兰就时常骑马到郊野去游玩。父母要替他配亲,木兰只是不允。

一日,听得其父回来,对着他的母亲说道:"目下胡人侵我边境,军府征兵防守,我恐怕免不得要去走一遭。"其母说道:"你今年纪已老,怎好到沙场去厮杀?"其父道:"我又没有大些的儿子可以顶补,怎样可以免得?"其母道:"拼用几两银子,或可以求免。"其父道:"多是这样,用了银子告退了,军丁从何处来?何况银子无处设法。"其母道:"不要说你年老难去冲锋破敌,就是家中这一窝儿老小抛下,怎么样过活?"其父道:"且到其间再作区处。"

过了几日,军牌雪片似的下来,催促去点卯。其父无奈,只得随众去答应。哪晓得军情促迫,即发了行粮,限三日间,即要起身。惹得一家万千忧闷。木兰心中想道:"当初战国时候,吴与楚交战,孙武子操练

花木蘭

女兵,若然,女了也可以当兵。吾看史书上边,有'绣旗女将',称其杀敌捍患,血战成功。难道这些女子,俱是没有父母的？当时时势,也是为了国事,挺身从征,反得名标青史。今我父如此高年,上无哥哥,下有弟弟,如果出门,倚靠何人？倘然战死沙场,骸骨何能归乡？莫如我改作男装,替他顶补前去,只要自己乖巧,定不败露,或者一二年之间,还有回乡之日,少报生身父母之恩,岂不是好？但不知我改了男人装束,可有些厮像？"忙在房中,把他父亲穿过的盔甲行头,打扮起来。幸喜脚不甚小,靴子里裹了些东西,行走毫无袅娜之态。便走到水缸边来,对着影儿只一照,叹道:"惭愧！看样说起来,不要说是做个军丁,就是做将军,也做得过了。"正在那里对着影儿模拟，不提防其母走来，看见吓了一跳，便说道："这丫头好不作怪！为什么这个形状？"其父听见，亦走进来，看了笑道："这是什么用意？"木兰道："爹爹？儿今日这般打扮，可充得去么？"其父道："这个模样，怎去不得？昨日点名时，军丁共有三千几百，哪里有这般相貌身躯？但可惜你……"说了半句，止不住落下几泪来。木兰看见，亦下泪问道："爹爹可惜什么？"其父道："可惜你是个女子，若是个孩儿，做爹妈的何愁？还要想你出去，干功立业，光宗耀祖哩！"木兰道："爹妈不要愁烦，女儿立定主意，明日就代父亲去顶补。"其父道："你是个女儿家，说痴呆的话！"木兰道："闻得人说，乱离之世，多少夫人公主，改装逃

避,无人识破。儿只要自己小心谨慎,包管无人看出破绽。"
其母抚着木兰,连声说道:"使不得!使不得!哪有未出闺
门的女儿,到千军万马里头去寻生觅活!"木兰道:"爹妈不
要固执,拼我一身,方可保全幼弟弱妹,拼我一身,可使爹妈
身体安全,难道贤孝的人,偏是戴头巾的做得来。'有志者
事竟成',儿此去,管教胜过那些男子。只要爹妈放胆,休要
啼哭,让孩儿悄然出门,不要使行伍中晓得我是个女子,料
不出丑回来,惹人家笑话。"父母见她执意要去,倒弄得一家
中哭哭啼啼,没有个主。

　　过了一夜,木兰就急急起身梳洗,打扮停当。对着父母
说道:"儿今去了,但愿胡人早早征服,边疆安宁,儿即抽身

回来,服侍二老,决不逗留,千万请爹爹妈妈放心,好生照管弟妹。"说罢,就拜别父母,背了包裹,拿了长枪,把手一挥,便欲出门而走。其父一把牵住木兰衣裳,含泪说道:"我儿此去,路途迢遥,营中不比家中,必须格外小心,现在我且送儿一程。"木兰道:"这事外人并不知晓,如果爹爹送我,给人看见了,倒反不美。儿此去,虽不能定期回乡,但如果边尘平靖,势必能早早归来,爹爹不必恋恋,也不要悲伤。"其父母听了木兰的话,只得含着眼泪,任木兰自去。

却说,木兰到了营里,大军也不久拨寨启程。经过黄河黑水等处,木兰不免感伤,却幸同伴彼此照顾,还不觉得不便,一路谈谈说说,就也不以家中为念。

及大军到了边地,奉命扎驻营寨,早有细作报说:"敌兵闻得大军到来,便领兵远去,在此数十里路之内,已无敌人

踪迹。"军府遂令于要隘关口,严紧防守。

一日,木兰忽听得金鼓大震,即和同伴提了枪出寨,只见左营兵士正与敌人厮杀。众人就大叫一声,一齐冲入阵去助战,敌人抵挡不住,领兵而退,木兰也随队回营。从此,接连与敌人战了多年,两下将士,死伤无数。后来敌人败退,边境安靖。木兰才方回家,屈指一算,离乡竟有十二年了。

昔人咏木兰诗,附录于后:

唧唧复唧唧,木兰当户织。不闻机杼声,唯闻女叹息。

问女所何思,问女何所忆。女亦无所思,女亦无所忆。昨夜见军帖,可汗大点兵,军书十一卷,卷卷有爷名。阿爷无大儿,木兰无长兄,愿为市鞍马,从此替爷征。

东市买骏马,西市买鞍鞯,南市买辔头,北市买长鞭。旦辞爷娘去,暮宿黄河边,不闻爷娘唤女声,但闻黄河流水鸣溅溅。旦辞黄河去,暮至黑水头,不闻爷娘唤女声,但闻燕山胡骑声啾啾。

万里赴戎机,关山度若飞。朔气传金柝,寒光照铁衣。将军百战死,壮士十年归。

归来见天子,天子坐明堂。策勋十二转,赏赐百千强。可汗问所欲,木兰不愿尚书郎,愿借明驼千里足,送儿还故乡。

爷娘闻女来,出郭相扶将;阿姊闻妹来,当户理红妆;小弟闻姊来,磨刀霍霍向猪羊。开我东阁门,坐我西阁床,脱我战时袍,着我旧时装。当窗理云鬓,对镜贴花黄。出门看伙伴,伙伴皆惊惶:同行十二年,不知木兰是女郎。

雄兔脚扑朔,雌兔眼迷离,双兔傍地走,安能辨我是雄雌?

秦琼卖马

话说，隋朝末年，有个英雄姓秦名琼，字叔宝，山东历城县人。他的祖父，是北齐领军大将军秦旭，父亲是北齐武卫大将军秦彝，母亲宁氏。

这秦琼生得身长一丈，河目海口，燕颔虎额，不喜读书，只好抡枪弄棒，在街坊好打抱不平，与人出力，虽死不顾。宁夫人常常对他说道："秦氏一脉，只你一身，抡枪拽棒，你原是将种，我不来禁你，但不可做轻生负气之事，好奉养老身，接续秦氏血脉。"因此秦琼每在街坊生事，闻母亲呼唤，便丢手回家。人见秦琼有勇仗义，又听母亲训诲，似吴国专诸的为人，就叫他做"赛专诸"更喜新娶妻张氏，颇有积蓄，性又和顺，得以散财结交，周济微弱。初时交结附近的豪杰，一个是齐州捕盗都头樊虎，字建威，一个是州中秀才房彦藻，一个是王伯当，还有一个叫作贾润甫。他们时常遇着，不抡枪弄棒，便切磋兵法。还有过路英雄遇着，彼此通知接待，不止一个。大凡人没些本领，一生只把钱去结识，人人看他做呆子，不肯抬举他，虽有些本领，却好高自大，把些手段压服人，又笑他是

秦瓊

鲁莽，不肯敬服他，所以名就不扬。若论秦琼本领，使得枪，射得箭，还有一样独脚本领，他祖传有两条"鎏金熟铜锏"，称来重有一百三十斤，他舞起来，初时好似两条怪蟒翻波，后来一片雪花坠地，是数一数二的。

一日樊虎来见秦琼道："近来齐鲁地面凶荒，盗贼很多，官司捕捉都不能了事。昨日本州叫我招募几个了不得的人，在本郡缉捕，小弟说及哥哥武艺绝人，英雄盖世，情愿让哥哥做都头，小弟做副。刺史刘爷欣然着小弟来请哥哥出去。"秦琼道："愚兄一身，不把做官在心里。我家累代为将，若得志，为国家提一支兵马，斩将搴旗，开疆展土；若不得志，有这几亩薄田，几树梨枣，尽可供养老母，抚育妻儿。这几间破屋中间，斗酒只鸡，尽以与知己谈心。一段雄心没捺按处,不会吟诗作赋、鼓瑟弹琴,拈一回枪棒,也足以消耗他。怎低头向这些贼官府下听其指挥?拿得贼是他的功,起得贼是他的钱,还有咱们费尽心力,拿得几个强盗,他得了钱放了,还说咱们诬良!若要咱滥捕无辜,反害良民,借此邀功,咱心上也过不去!做他什么?咱不去!"樊虎道:"事从小做起,功从细积起。你不会干别的营生,还是去做的好。"

说话间,只见秦琼母亲走将出来,与樊虎道了万福道:"我儿!你的志气极大,但樊家哥哥说得也有理。你终日游手好闲,也不是了期。一进公门,身子便有些牵系,不敢胡为,倘然捕盗立得些功,干得些事出来也好。"秦琼是个孝顺

人，听了母亲一席话，也不敢言。次日两个人一同去见刺史，这刺史姓刘名芳声，见了秦琼，问道："你是秦琼么？这职事，照例也要论功叙补，如今樊虎情愿让你，想你是个了得的人，我就将你两个都补了'都头'，你们须要用心干办。"两个谢了出来。樊虎道："哥哥！齐州地面盗贼，都是'响马'，全在脚力，方可追赶，须要得匹好马才好。"秦琼道："咱明日和你到贾润甫家去看。"次日秦琼拿了银子，同樊虎到城西。恰好贾润甫在家，樊虎道："叔宝兄新做了捕盗都头，特来寻个脚力。"贾润甫对叔宝道："恭喜兄长！这职事是个'抢钱庄儿'，也是'干系堆儿'，只怕捉生替死，诬盗贩赃，这些勾当，叔宝兄不肯做，若肯做，怕不起一个铜斗般家私？"叔宝道："这亏心事，咱家不知。兄家可有好马么？"贾润甫道："昨日正到了些。"两个携手到后槽，只见青骢、紫骝、赤兔、乌骓、黄骠、白骥，斑的五花虬，长的一丈乌，嘶的跳的，伏的滚的，吃草的，咬蚤的，云锦似一片。

那樊建威看了这里，拣定一匹枣骝，秦叔宝却拣定一匹黄骠。润甫道："且试二兄眼力！"牵出后槽，那建威便跳上枣骝，叔宝便跳上黄骠，一辔头放开，烟也似的去了。那枣骝去势极猛，黄骠似不经意，及到回来，枣骝觉钝了些，脚底下有尘，黄骠脚快，脚下无尘，且又驯良。贾润甫道："原是黄骠好！"叔宝就买黄骠。贩子要卖银一百两，叔宝还了七十两。贾润甫主张是八十两，贩子不肯。润甫把自己用钱

贴上,方得买成,立了契,同在贾润甫家吃了酒方别。

一日刺史忽然发下一干人犯,是已行未得财的强盗,律该充军,要发往平阳府泽州潞州入伍。这刘刺史恐途中失误,着樊虎与秦琼二人分头管解。建威往泽州,叔宝往潞州,俱是山西地方,同路进发。叔宝只得装束行李,拜辞老母妻子,同建威先往长安兵部挂了号,然后往山西。

却说,秦琼到了潞州,在州城里找到一家客寓,主人接住。叔宝道:"主人家!这两名犯人是我解来的,有谨慎的去处,替我关锁好了。"店主答道:"爷如有紧要,吩咐小人,都在小人身上。"秦叔宝堂前坐下,吩咐店主:"着人将马上行李搬下来,把马带进槽头去吃些细料,干净些的客房出一间与我安顿。"店主道:"晓得,我开上房与爷安息罢。"叔宝道:"好!"主人掌灯,搬行李进房,摆下茶汤酒饭。主人尽殷勤之礼,立在席房斟酒,笑堆满面:"请问爷高姓,小人好写帐。"叔宝道:"你问我么?我姓秦,山东济南府公干,到此府里投文,主人家你姓什么?"主人道:"秦爷你不见我小店门外有招牌是'太原王店'?小人贱名就叫作王示,告示的示字。"秦叔宝道:"我与你宾主之间,也不好叫你名字。"店主笑道:"往来老爷们,把我示字头倒过来,叫我个'王小二'。"叔宝道:"这是通套的话儿,这等我就叫是小二哥罢。我问问你蔡太爷领文投文有几日耽搁?"小二道:"这里蔡太爷是一个才子,明日早堂投文,后日早堂就领文,老爷在小店只有两日的停留,怕老爷要拜看朋友,或是买些什么土物人事,这便是私事耽搁,与衙门没有相干。"叔宝问了些细底,吃过了晚饭,便闭门睡了。

明日绝早起来,洗面裹巾,收拾文书,到府前来挂号。蔡刺史升堂,投文人犯带见,衙吏把文书拆放公案上。刺史看了来文,吩咐禁子松了刑具,叫解户领刑具,于明日早堂候领回批。蔡刺史将两名犯人发在监中取管,只是八月十八日的事。叔宝领刑具到寓处吃饭,往街中一切宫观寺院玩了一日。

十九日侵晨,要进州衙门去领文,辰牌时候,衙门还不曾开,出入并无一人。叔宝只得到邻近店铺上下探问,只见有一少年问道:"兄不是我们潞州声口。"叔宝道:"小弟是山东公干来的。"少年道:"兄这等不知,太爷公干出去了?"叔宝道:"哪里去了?"少年道:"到太原去了。"叔宝道:"为什么事到太原?"少年道:"为唐国公李老爷奉旨钦赐驰驿还乡,做河北道行台,节制河北州县。太原有文书,知会属下府州县领官员。太爷三更天闻报,公出太原,去贺李老爷了。"叔宝道:"太爷几时得回来?"少年道:"多则二十日,少要半个月,才得回来。"叔宝得了这个信,再不必问,仍回到寓中。一日三餐,死心塌地,等着太爷回来。出门人的寓处,就是家里一般,日间无事,只得吃饭而已。叔宝是山东豪杰,一餐斗米,饭店上能得多少钱财与他吃? 一连十日,把王小二一付本钱,都吃在秦琼肚里了。王小二在家中与妻计较道:"娘子! 秦客人是个'退财白虎星',自从他进门,几两银子本钱,都吃在他肚皮里了。昨日回家来,吃些中饭,菜蔬不中用,就捶盘掷盏起来,我要开口向他付几两银子,你又时常埋怨我不会说话,把客人都得罪到别家去了。如今倒是你开口,问他要几两银子,女人家的说话就重了些,他也担待了。"那妇人道:"你不要开口,'入门休问荣枯事,观看容颜便得知'。看秦爷也不是少饭钱的人,想必等官回来了,领了批文,少不得算还你店账。"又挨了两日难过了,王小二只得自家开口。正值秦叔宝来店中吃饭,小二不摆饭,自己送一盅暖茶过来,站在房门外,靠着窗子对叔宝道:"秦爷! 小的有句话说,怕秦爷见怪。"言下满脸陪笑。叔宝道:"你我宾主之间,一句话怎么就怪起来? 但说不妨。"小二道："因连日店中没有生意，本钱短少，菜蔬都是不够的，意思要与秦爷支几两银子儿用用，不知秦爷使得也使不得？"叔宝道："只是正理，怎么要你这等虚心？是我忽略，不曾取银子与你，你哪里有这长本钱供我？你今跟我进来取银子与你。"王小二连声答应，欢天喜地的，走进房来。叔宝至床头去开箱子，伸手进去拿银子，一只手却像泰山压住的一般，再也拔不出了！

　　原来叔宝一时失记，所有银子，被樊建威带往泽州去了。叔宝的银子，为何被樊建威带了去呢？秦叔宝樊建威两人，都是齐州公门的豪杰，点他二人解四名军犯，往泽州潞州充军，那时解军盘费银两，出在本州处库吏手内，晓得他二人平素交好，又是同路差使，二来又图天平法码讨些便宜，一处发给下来，放在樊建威身边使用。在长安又耽搁了两日，及至关外，匆匆的分了行李，他两个都非寻常的小人，把这几两银子，不放在心上。行李文书包件分开，故此盘费银两，都被樊建威带往泽州去了。连秦叔宝自己还只道银子在自己身边，总是两个忘形之极，不分你我，所以弄出这等事体来。一时许了王小二饭钱，没有得拿出，好生局促。一个脸登时涨红了。那王小二见叔宝只管在箱子里摸，心内也有些疑惑。

　　叔宝正在着急，且喜摸到箱角里边，还有一包银子。又是哪里来的？却是叔宝母亲要买潞州绸，做寿衣，临行时付与叔宝的,所以不在建威身边。叔宝只得取将出来,交与王小二道:"这是四两银子在这里,且不要算账,写了收账吧。"王小二道:"爷又不去! 算账怎的? 写收账就是了!"王小二得了四两银子,笑容满面,拿进房去,说与妻子知道,还照旧服侍。只是秦叔宝的怀抱,哪得开畅? 囊橐已尽,批文未领,倘官府再有几日不回,莫说家去欠少盘缠,王小二又要银子,却把什么与他? 口中不言,心里焦灼。也没有情绪,到各处玩耍,吃饱了饭,整日靠着炕儿睡,呆呆的空望。

又等了十多日,蔡刺史才方回来,秦琼便去领了批文,又得了盘费三两,回店。这时,王小二正在柜上结账,见叔宝回来问道:"秦爷领了批回来了,饯行酒还没有齐备,却怎么好?"叔宝道:"这酒定不必了。"小二道:"请坐,且把账算起来何如?"叔宝道:"拿账过来算也好。"小二道:"秦爷是八月十七日到小店的,今日是九月十九了,八月大,共计三十二日。小店有规矩,来的一日与去的一日,不算饭钱,折接风送行,三十个整日子。马是细料,连爷两顿荤饭,一日该纹银一两,七折算净,该纹银二十一两,收过四两银子,短少十七两。"叔宝道:"这三两银子是蔡太爷赏的,却是好的。"小二道:"还欠十四两,事体又小,秦爷也不消写账了,兑银子就是了。待我去取秤过来。"叔宝道:"二哥慢着,我也不去。"小二道:"秦爷领了批文,如今也没有什么事了。"叔宝道:"我有一个姓樊的朋友赶泽州投文,有些盘费银子都在他身边，他领了批文，少不得来会我，才有银子还你。"小二道:"小人是个开饭店的，你老爷在此住一年，才是好生意哩。"即提笔在账簿上写上，九月十九日结算，除收净欠纹银十四两无零。王小二口里虽说秦客人住着好，肚里打稿:见那几件行李值不多银子，有一匹马，又是张口货，他骑了饮水去，我怎好拦住他？就到齐州府寻着，公门中的豪杰，哪里替他缠得清？倒要折了盘费，去了工夫，去讨饭账不成，只叫见钟不打，反去铸铜了。我想那回批是要紧的文书，没有此物，去见不得本官，不如拿了他的，倒是稳妥的上策。这些话都是王小二肚里踌躇，不曾明言出来。将批文拿在手里看了，还放在柜上，便叫妻子:"把这个文书是要紧的东

西，秦爷放在房内，他要耍子，常锁了门去的，深秋时候，连阴又雨，屋漏水下，万一打湿了，是我们开店的干系，你收拾放在箱笼里面，等秦爷起身时，我交付明白与他。"秦叔宝心中便晓得王小二捏作当头，假小心的话，只得随口答道："这却是好极。"话也不曾说完，小二已把文书交与妻子手内，拿进房去了。

小二又叫手下的："那饯行酒。不要摆将过来，秦爷今日又不去，若说饯行，就是催客动身的意思了，径拿便饭来与秦爷吃。"手下人知道主人的口气，"便饭"二字，就是将就的意思了。小菜碟儿都减少了两个，收家伙的筛碗顿盏的光景，甚是可恶。早晨的面汤，也是冷的。叔宝吃了眉高眼低的茶饭，又没处去，终日出城到官塘路望樊建威来。

自古道："嫌人易丑，等人易久。"望到夕阳时候，见金风送暑，树叶飘黄，河桥官路，多少来车去马，哪里有樊建威的影儿？等了一日，在树林中急得双足是跳，叫道："樊建威！你今日不来，我也再无面目进店，受那小人的闲气了！"等到晚只得回来。看官！那樊建威分手时，原不曾约秦琼在潞州相会。只是叔宝疑心想着，有几两银子在他身边，这个念头撑到肚里，怎么等得他来？明日早晨，叔宝又去，到晚又不见樊建威来。乌鸦归宿，喳喳的叫，叔宝只得又回来，那脚步便一步难似一步，直待上灯后，方才进门。叔宝见住的房内点的明晃晃的灯，心中怪道："为何今晚这般殷勤起来？

老早点火在内了?"停步一看,只见有人在内呼么喝六,掷色饮酒。王小二在内跳将出来,叫一声:"爷!不是我有心得罪,今日到一起客人他是贩什么金珠宝玩的,古怪得很,独独的要爷这间房,早知有这样的事体,爷出去锁了门,倒也不见得有这事了。我打算要与他争论,他道主人家只管房钱,张客人住,李客人也是住得的。我多与些房钱,就是了。我们这样人说有了'银子'两字,只恐怕去冲断了好主顾,口角略顿了一顿,这些人竟走进去坐了,不肯出来。我怕行李搬错了,就把爷的行李搬在后边幽静些的去处。因秦爷在舍下日久,就同自家人一般,这一班人我要多赚他些银子,只得从权。秦爷不要见怪,才是海量宽宏。"叔宝好几日不得见王小二这等和颜悦色,只因调出他的房来,故此说这些好话儿。秦叔宝英雄气概,哪里忍得过小人的气?只因少了他饭钱。自揣自思,只得随机迁就道:"小二哥!屋随主便,但是有房与我安身罢了。我也不论好歹。"王小二点灯引路,叔宝跟着转弯抹角去到后面。小二一路做不安的光景,走到一个所在,指道:"就是这里。"叔宝定睛一看,不是客房,却是靠厨一间破屋,半边露了天,堆着一堆糯稻秸,叔宝的行李,都在上面,半边又把柴早打个地铺,四面风来,灯光儿没处施设。就地放下了拿一片破缸,抵挡着壁缝里风,又对叔宝道:"秦爷只好权住住罢。等他们去了,仍旧到内房里住。"叔宝也不答应他,小二带上门,竟走去了。叔宝坐在铺上，肚中十分饥饿，就把金装锏按在自己膝上，用手指弹锏，口里叹气。

忽闻脚步声响，渐到门口，将门扣了。叔宝就问道："是哪一个扣门？"外边道："秦爷不要高声，我是王小二的妇人。"叔宝道："来此何干？"妇人道："我那拙夫是个小人的见识，见秦爷少几两银子，出言不逊。秦爷是大丈夫，把他海涵了。适才我丈夫睡了，得有晚饭，送在此间。"

叔宝闻言，眼中落泪道："你就是淮阴的漂母了。"那妇人又道："我想你衣服十分单薄，如今深秋时候，我潞州风高气冷，背脊上吹了这几条裂缝，露出尊体，不像模样。饭碗边有一索线。线头上有一个针子，爷明日到避风的去处，且缝一缝，遮了身体。等泽州樊爷到来，有了银子，换那绵衣，便不打紧了。明日早晨若厌听我那拙夫琐碎，不吃早饭出门，我有几文钱，也在盘内，爷买得些粗糙点心充饥，晚间早些回来。"说完这些言语，把那门扣放了自去。叔宝开门将饭盘掇进，只见青布条撚成钱串，摆着有三百文钱，一索线，线头上一个针子，都取来安放在草铺头边。热沸沸的一碗肉羹汤。叔宝初到店中，说这肉羹好吃。顿顿要这肉羹下饭，自算账之后，菜饭也是不周全的，哪里有这汤吃？因今日下了一伙富客，做这肉汤，那妇人特留得这一碗，叔宝欲待不吃，熬不住腹中饥饿，只得将肉羹连饭吃下。秋宵耿耿，且是难得熟寐，翻来覆去睡了一觉，醒了天尚未明，且喜道间破屋，处处透进残月之光，他便将身上这件衣服，乘月色将绽处胡乱揪来一缝，披在身上，便趁早起身出来。

带了这三百钱，就觉胆壮，待要做盘缠赶到泽州，又恐遇不着樊建威，那时怎回？且小二又疑我没行止私自去了。不若且买些冷馒头火烧儿，怀着在官道上坐等。走来走去，日已斜西，仍不见樊虎的影迹。一日清晨，叔宝正欲出门，只见外边有两个穿青衣的少年，迎着进来，那两个少年，与王小二拱手道"这位就是秦爷么？"小二道："正是！"二人道："秦大哥请了！"叔宝不知其故，到堂前叙揖。叔宝开言道，"二兄有何见教？"二人答道："小的们也在本州当个差使，闻秦兄是个方家，特来说个分上。"叔宝道："有甚见教？"二人道："这王小二在敝处开饭店多年，倒也负个忠厚之名，不知怎么千日之长，一日之短，得罪于秦兄，说你怪他，小的们特来赔罪。"叔宝道："并没有这语，这却从何而来？"二人道："人都说秦兄怪他，有些小账，不肯还他，若果然怪他，索性还了他银子，摆布他一场，却是不难的。若不还他银子，使小人得以借口。"叔宝早知是王小二央来会说坏话的人，当即答道："二位仁兄？我并不是怪他，只因我囊橐空虚，有些盘费银两，在一个朋友身边，他往泽州投文，只在早晚来，算还他店账。"二人道："秦兄！你在此日久，想你那贵友，必然已回去了！你只顾在此坐等，他们小资慢，如何供给得来？自然要怠慢了。小弟有句直言，老兄切莫见怪。常言道'和尚要钱佛也卖',秦兄何不想些什么法儿,变通些法子,算还他店账,余下的做些盘费回乡,岂非一举两得么?"叔宝被二人一句提醒,因说道:"二兄之言,亦为有理。我有两根金装锏,乃随身兵器,就变卖还他店账便了。"二人叫小二道:"小二哥!秦爷并不怪你,倒要把金装锏卖了,还你饭钱,你须照常服侍。"也不通名姓举手作别而去。

叔宝到后面收拾金装锏,王小二忽起奸心,这个姓秦的奸诈,到有两根什么金装锏,不肯早卖?直等我央人说了许多闲话,方肯出手。不要叫他卖,恐别人得了便宜去!我哄他当在潞州,算还我银子,打发他动身,加些利钱儿赎将出来,括金字去兑与人,夫妻发迹,都在这金装锏上了。便笑容满面走到后边来,对秦琼道:"秦爷,这个锏不要卖!"叔宝道:"为何不要卖?"小二道:"我这潞州有个隆茂当铺,专当人什么短脚货。秦爷将这锏抵当几两银子,买些柴米,将高就低,我伏侍你老人家。待樊爷到来,加些利钱赎去就是了,"叔宝也舍不得两条金装锏卖与他人,情愿去当。回答小二道:"你的所见,正合我意,同去当了罢。"就同王小二走到隆茂当来将锏在柜上一放,放得重了些,主人就有些恨嫌之意,说:"呀!不要打坏了我柜桌!"叔宝道:"要当银子。"主人道:"这样东西,只好算废铜。"叔宝道:"是我用的东西,怎么叫作废铜呢?"主人道:"你便拿得他动,叫作兵器,我们当绝了,没有用他处,只好镕做家伙卖,岂不是废铜?"叔宝道："就是废铜了罢。"拿大秤来称斤两，那两根铜重一百二十八斤。主人道："朋友！还要除些折耗。"叔宝道："上面金子也不算有什么折耗？"主人道："不过是金子的光景，哪里作得账？况且那两个靶子，算不得铜价，化铜时就烧成灰了！"叔宝却慷慨道："把那八斤零头除去，作一百二十斤，实数。"主人道："这是潞州出产的去处，好铜当价是四分一斤；该五两短二钱，多一分也不当。"叔宝想四五两银子，几日又吃在肚里，又不得回乡，只得仍然拿回，小二已有些不悦之色，叔宝回店坐在户中纳闷。

王小二就是逼命一般，走将进来向叔宝道："你老人家在寻什么值钱的东西当吧？"叔宝道："小二哥，你好呆。我公门中人，道路上除了随身兵器，难道带什么金宝玩物不成？"小二道："顾不得你老人家。"叔宝道："我骑这匹黄骠马，可有人要？"小二道："若说起马来，我们这里是旱地，大小人家，都有脚力，我看秦爷这匹黄骠，倒有几步好走，若是肯卖，早先回家，公事都完了。"叔宝道："这是就有银子的。"小二道："马出门，就有银子进门。"叔宝道："这里的马市，在什么所在？"小二道："就在西门里大街上。"叔宝道："什么时候去？"小二道："五更时开市，天明就散市了。"小二叫妻子收拾晚饭，与秦爷吃了，明日五更天要去卖马，叔宝只是一夜好难过，生怕错过了马市，又是一日，如坐针毡，盼到近五更时候起来，将些冷汤洗了脸，梳了头。小二掌灯，牵马出槽。叔宝将马一看，叫声啊呀道:"马都饿坏了！人被他炎凉到这等地步,那个马益发可知了！"自从算账后,不要说细料,连粗料也没有与马吃了,饿得那马在槽头嘶喊。妇人心慈,又不好锄草,瞒了丈夫,偷两束长头草,丢在槽里,凭那马吃也得,不吃也得,把一匹千里马,弄得蹄穿鼻摆肚大毛长。叔宝怒而不敢言,只得牵马外走。王小二开门,叔宝先出门外,马却不肯出门,王小二却是狠心的人,见那马不肯出门,拿起一根门闩来,对那瘦马后腿上打了两三门闩,打得那马痛了,扑地跳将出去。小二把门一关道:"卖不得再不要回来了。"

却说叔宝牵马到西营市来,马市已开,买马卖马的王孙公子,往来络绎不绝。有几个人看见叔宝牵着一匹马来,都叫:"列位让开些,穷汉子牵了一匹病马来了！不要挨了他,合唇合舌的淘气!"叔宝牵着马在市里,颠倒走了几回,问也没有人问一声。对马叹道:"你在山东捕盗时,何等精壮?怎么今日就垂头丧气,到这般光景?"只得牵了回来,这时,天色已明,城门大开,乡下农夫挑柴进城来卖。潞州地方,秋收都是"茹茹""秸儿",若是别的粮食,收拾起来枯槁了,独有这一种气旺,秋收之后,还有青叶在上。马是饿急的了,见了青叶,一口扑去,将卖柴老庄家一跤扑倒。叔宝急去搀扶,那人翻身跳起道:"你这马牵着不骑,慢慢地走,敢是要卖的么?"叔宝道:"便是要卖,到哪里撞着主顾。"老都道:"马膘虽是跌了,缰口还好哩。"叔宝正在懊恼之际,见老者之言,反喜欢起来了。问老者道:"据你所说,还是牵到什么所在去卖呢?"老者道:"只是我要卖柴,若是不卖柴,引你到一个所在,这马就有人买了。"叔宝道:"你若引了我去卖了只匹马,事成之后送你一两银子牙钱。"老者听说大喜道:"这里出西门去十五里地,有个富户姓单双名雄信,排行第二,我们都称他做二员外,他好结交豪杰,喜买良马送朋友。"叔宝如酒醉方醒,大梦初醒的一般,暗暗悔道:"我失了检点,在家时当闻朋友说,潞州二贤庄单雄信,是个延纳四方豪杰的,我怎么到此就不去拜他? 如今弄得衣衫褴褛,鹄面鸠形一般,却去拜他,岂不是迟了? 正是临渴掘井,悔之无及。若不往二贤庄去,过了此渡,又无船了,却怎么处?也罢,只是卖马,不要认慕名的朋友就是了。"叔宝道:"老人家你引我前去,果然卖了此马,实送你一两银子。"老者贪了厚谢,将柴寄在豆腐店门口,叫卖豆腐的替照管一照管,扁担头上有一个青布口袋儿,带了一升黄豆,进城来换茶叶的,见马饿得很,把豆儿倒在个深坑里面,扯些青柴拌了,与那马吃了。老庄家拿扁担儿引路,叔宝牵马竟出西门,约有十数里之地,果然见一所大庄。老庄家持扁担过桥入庄,叔宝往桥南树下拴了马等着。

　　却说单雄信富厚之家,秋收事毕,闲坐厅前。见老人家竖扁担于窗扉门外边,进门垂手对员外道:"老汉进城卖柴,见一山东人,牵匹黄骠马要卖。那马虽跌落膘缰口却硬,如今领着马在外,请员外去看看。"雄信道:"可是黄骠马?"老汉道:"正是黄骠马。"雄信起身,从人跟随出庄。叔宝隔溪一望,见雄信身高一丈,头戴万字顶皂夹包巾,穿寒罗细褶,粉底皂靴。叔宝看自己身上不像模样,躲在大树背后。雄信过桥,只见那马头至尾准长丈余,蹄至鬃准高八尺,遍体黄毛,如金丝细卷,并无半点杂色。看罢了马,才与叔宝相见道:"马是你卖的么?"雄信只道是贩马的汉子,不以礼貌相待,只把你我相称。叔宝却认卖马,不认贩马,便答道:"小可也不是贩马的,是自己的脚力,穷途卖于宝庄。"雄信道:"也不管你贩来的,自骑的,竟说价罢了。"叔宝道:"人贫物贱,不敢言价,只求五十两银子,充前途盘费足矣。"雄信道:"这马讨五十两银子,也不算多,只是膘跌重了,若是上得细料，用些工本，还养得起来。若不吃细料，这马就是废物了。今见你说得可怜，我与你三十两银子罢！"转身过桥，往里就走，也不像十分要买。叔宝只得跟进庄来。雄信进庄，立在大厅滴水檐前，叔宝见主人立在檐下，只得站立于月台旁边。雄信叫手下人牵马到槽头去上些细料来回话。不多时，手下人向主人耳边说道："这马狠得紧，把老爷的胭脂马的耳朵都咬坏了！吃了一斗蒸熟豆，还在槽里面抢水草吃，不曾住口。"雄信心中暗喜，口里却说道："朋友！俺手下人说马不大吃细料了！只是我已说出与你三十两银，不好失信。"叔宝也不知马吃料不吃料，随口应道："凭员外赐多少罢。"雄信进去取马价银，叔宝便进厅坐下。雄信三十两银子得了匹千里马，捧了马价银，笑容可掬的走出来。叔宝久不见银子，见雄信捧了银子出来，心里十分欢喜，上前双手来接银子，雄信料已买成，银子却不过手，再用好言问叔宝道："兄是山东人，贵府是哪一府？"叔宝道："就是齐州。"雄信闻是齐州，就把银子向衣袖里一笼，向叔宝道："兄长请坐！"命手下人看茶过来。那挑柴的老儿看见留坐，要讲话，靠在窗外呆呆听着。雄信道："请问仁兄，齐州有个慕名的朋友，兄可认识否？"叔宝道问："何人？"雄信道："此人姓秦，不好称他名讳，他的表字，叫作叔宝，山东六府驰名，称他为'赛专诸'，在济南府当差。"叔宝因衣衫褴褛得紧，不好答应是我，却随口应道："就是在下同衙门朋友。"雄信道：

"失敬了！原来是叔宝的同事！请问老兄高姓？"叔宝道："在下姓王。"他心上只为王小二饭钱要还，故随口就说是姓王。雄信道："王兄请略坐小饭，学生还要烦兄寄信与秦兄。"叔宝道："饭是不领了，有书作速付去。"雄信复进书房去封程仪三两，潞绸二匹，至厅前殷勤敬礼道："本来要修书一封，托兄寄与秦兄，只是不曾相会的朋友，恐称呼不便。烦兄道意罢！容日小弟登堂拜望。这是马价银三十两，银皆足色，外具程仪三两，不在马价数内。舍下本机上绸二匹送兄，推叔宝面上，勿嫌菲薄。"叔宝见如此相待，不肯久坐等饭，恐怕露出马脚，不好意思，告辞起身。

秦琼卖马

75

雄信也不十分相留，送出庄门，举手作别。秦叔宝就和老庄家回来，取出一锭银子给老庄家，那老儿喜容满面，拱手作谢，往豆腐店取柴去了。叔宝回到店里，还了房饭钱，取了批文与行李双锏，竟往东门长行而去。

后来叔宝归唐，随唐太宗讨王世充、窦建德有功，官至左武衞大将军，封胡国公。

三箭定天山

话说唐朝时候，山西龙门县有个薛仁贵，武艺出众，气宇不凡。自从跟着太宗御驾东征，建立了不少功劳。一日，兵马到了思乡岭，就在关前放炮安营。

次日薛仁贵便去叩关讨战，大骂道："关上小番，快报你主将知道，说今有大唐兵马，来此讨战，快快出关受死。"小番将这话，报入总府，四将听见，不觉大惊，说："久闻穿白小将武艺高强，我们四人大家出关去，看他一看，怎样骁勇？"遂披挂上马，带领小番，炮声一响，大开关门，四将拥出，见仁贵生得面如满月，秀眉凤目，满身穿白，手执画戟，俨然天神。王心鹤叫："哥哥！待我上去会他。"催马上前，喝道："唐将休要耀武扬威，我来会你。"仁贵亦喝道："来将快通名来。"心鹤道："我乃红袍大力子大元帅盖麾下总兵王心鹤便是。你可知俺厉害吗？"就把枪往仁贵面上刺来。仁贵把戟架开，复回一戟，心鹤枪一抬，险些落下马来，叫声："啊呀！好厉害！兄弟快些上来。"关前薛贤徒、王心溪听了，说："李大哥你在这里掠阵，我们

上去帮阵。"王心溪遂催马上前,直奔仁贵杀来。四个人杀得天昏地暗,战了五十余合,不分胜负。那边李庆红、周青见了,也把兵器杀入阵前,六个人战作一团。关上李庆先看见中原上来一将,好像我同胞哥哥。他霸住风火山为盗,我等四人出路为商,漂流至此,十有余年。今看此将,一些不差。不如待我上去问他。遂上前大叫道:"使大刀的蛮子,可是风火山为盗的李庆红么?"李庆红听得有人叫他,抬头一看,有些认得,连忙带过马来,说:"你可是我兄弟庆先么?"庆先道:"正是!"二人滚鞍下马。庆先叫:"王兄弟休要动手,这是我哥哥好友。"庆红叫:"薛大哥不必血战,这是我结义兄弟。"四人闻言,各住兵器,大家下马来问端的。李氏兄弟，把细细情由，说个明白，大家欢喜，同说："我们都是弟兄了。"各各见礼，皆称有罪，不必见怪。

当下周青接言道："启上诸大哥！我等九人，既为手足，须要归顺我邦，肝胆同心才好。"王心鹤道："如今都是手足，自然同心征剿番王。"李庆红道："如此我们大哥冲关，夺取思乡岭，报你们四位头功。"众人道："有理！"庆先首先提刀，在前引路，九骑冲到关前。那些小番兵连忙跪下道："将军既顺大唐，我们一同归服。"仁贵道："愿归者，决不伤害。"关

上改换旗号,运出粮草,上了四位头功。当下大家不胜欢喜,开怀畅饮。仁贵道:"兄弟们,明日起兵下去,是什么地方?可有能将么?"王心鹤道:"大哥明日起兵下去,是一座天山,山上有兄弟三人,名唤辽龙、辽虎、辽王高,勇不可挡,十分厉害。"仁贵道:"既有这样能人,愚兄此去,必要夺取天山,方见我手段。"饮至三更,各各安寝不提。明日,薛仁贵同八位弟兄出营,向天山一看,不觉骇然。但见这天山,高有数百丈,枪刀如海浪,三座峰头,多是滚木扎起,小番一个也看不见。仁贵大叫道:"山上小番,快报你主将知道,今有薛仁贵在此讨战。"这一声叫喊,山上并无动静,仁贵连叫数声,并不见一卒,说道:"想必这天山太高,叫上去没人听见,待我走上半山叫喊罢!"王心鹤道:"薛大哥! 这个使不得,上面有滚木打下的,若到半山,被他将滚木打下来,岂不送了性命?"仁贵道:"不妨!"把马一拍,走上山来。只听得山上面一声叫喊:"打滚木哩!"仁贵大惊,忙回马往下一跑。跑得下岗,滚木夹马屁股后打下来。要算仁贵命不该绝,所以差得一丝,打不着。薛仁贵叫道:"山上的小番,休打滚木,快去报你主将来会我,若假作耳聋不报,俺有神仙之法,腾云驾雾,上你天山,杀得干干净净,半个不留。"小番听说会腾云驾雾,忙报进山来,启禀:"狼主! 不好了! 南朝穿白

的薛蛮子,果然厉害,取了思乡岭,如今又来打天山,在山下大声讨战。"辽龙道:"二位贤弟!那薛蛮子如此厉害,难以取胜。我们不必下去,且由他在山下扬威罢!"小番道:"将军这个使不得,他方才说,若不下来会我,他有神仙之法,腾云驾雾上山来,要把我们杀的干干净净。"那兄弟三人,听了吃了一惊。辽虎道:"大哥,久闻薛蛮子厉害,谅定有仙法。"辽王高道:"不如我们走下半山,看了他是何等之人,这般骁勇?"辽龙、辽虎道:"此言有理!"三人上马出寨,行至半山,吩咐小番:"我教你打滚木,便打下来。不叫你打,不要动手。"小番答应:"知道!"辽王高在前,辽虎居中,辽龙在后,三人立在半山,仁贵举头一看,只见在前的,生得面如锅底,红眉绿眼,几根长发,颧骨高耸;又见居中的,生得面如朱砂,口如血盆,两道青眉,短短牙须;又见在后的,生得方面黄脸,鼻直口方,凤眼秀眉,五绺长须。仁贵叫道:"上面三个番儿,可是守天山的主将么?"三人道:"然也!你这穿白的,可是南朝薛蛮子么?"薛仁贵道:"既知老爷的大名,怎不下山归服?"辽龙道:"薛蛮子你上山来,俺与你打话。"仁贵暗想:"不知有什么话,唤我上山,打落滚木,亦未可知,论起来不妨,他们三人多在半山,绝不打滚木下来。"放着胆子上去,叫:"番儿!你们请俺上山,有何话说?"辽龙道:"薛蛮子你说有神仙之法,会腾云驾雾,如今可显出些手段,与我们看看。"仁贵闻言,心中一番思想,计上心来,即忙回答道:"你们这班狗番儿,哪里知道腾云驾雾,只据我随身一件宝物,你国中就少有了!"辽龙道:"什么宝物? 快送与我们看看。"仁贵道:"我身上带一支活箭,射到半空,叫响起来,你

们看稀奇不稀奇?"辽氏三兄弟道:"我们不信,箭哪有活的?"要晓得响箭只有中原有,外国没有的,不曾见过,所以他们不信。仁贵道:"你们不信。我当面放一箭,给你们看看。"辽王高道:"不要假话活箭,暗里伤人。"仁贵道:"岂有此理!我身为大将,要取性命,易如反掌,何必暗箭伤你。"辽龙道:"不差!快射与我们看看。"仁贵左手拿弓,右手搭起两支箭,一支是响箭,一支是鸭舌头箭,搭在弦上。辽氏兄弟,不曾看见过响箭,认真是活箭,仰着头只看上面,身子多不顾了。辽王高先把斧子坠下了,露出咽喉。仁贵一箭去,正中辽王高咽喉内,跌落尘埃死了。辽虎大惊道:"啊唷!不好了!"回马要走。谁想仁贵手快,又放一箭射去,正中在马屁股上,那骑马四足一跳,把一个辽虎翻下马来。吓得辽龙魂不附体,自己还不曾逃上山去,口中乱叫:"打滚木哩!"上面小番听得主将叫打滚木,不管好歹,马上乱打下来。仁贵听叫打滚木下来,跑得好快,一马纵下山脚去了,倒把辽家兄弟,打得粉碎,尽丧九泉,上面打完滚木,下面仁贵回转头来,叫声:"兄弟,随我抢天山哩!"一马先冲上山来,把些小番兵乱挑乱刺,杀进山寨。八个人,刀的刀,枪的枪,杀得番兵逃命而走,就把天山夺下了。

大破摩天岭

话说,薛仁贵自从破了独木关,又立了许多功劳,唐太宗大加奖赏,遂降旨命薛仁贵为元帅,升周青等八人为总兵,又令仁贵率领人马往破摩天岭。仁贵受命后,当下传令起兵竟往摩天岭进发。及行到摩天岭,离山数箭,传令安营。仁贵到了山脚,望岭上一看,见摩天岭半山中云雾迷漫,高不可过,路又狭小。要破此山,颇觉烦难。周青道:"看这岭比他处高有数倍,实难攻破,须慢慢商量,智取此山。"仁贵道:"众位兄弟,可随我上山去探他动静。"周青道:"倘那山上有滚木打下来,如何是好?"仁贵道:"不妨!待本帅冲上岭头,你们随后上来。倘有滚木,我叫一声,你们大家跑下山就是了。"八员总兵,只得随仁贵上去。到了半山,见上面隐隐旗幡飘摇,不见兵丁,只听有人叫打滚木。仁贵大叫道:"不好了!打滚木了!兄弟们快些下去。"八人听了,忙回马往山下跑了。仁贵骑的是良马,走得快,不上几步,先到山下。数根滚木,夹住八人马足扫下来,只逃得七

薛仁贵

人性命。姜兴本马迟一步,竟打为肉泥。姜兴霸放声大哭,七人尽皆下泪。只得回营,大家商议,无计可破。仁贵忽心生一计想:我何不私自混上山去看看。便对众兄弟说明。周青道:"哥哥须要小心。"仁贵道:"不妨!"就扮作差官模样,带了震天弓悄悄出营,往摩天岭后面,寻条别路上去,走了十余里,忽听见山上有车轮推转之声。仁贵往下一看,见有一个人头戴毡帽,身穿青衣,年纪约有四五十岁,推了车子,往山上行来。仁贵想:此人必是上山去的小卒,不知车上是什么东西,遂躲在一株大树背后,偷眼看他。哪晓这人步步上来,到了大树边,仁贵飞身跳出来,把推车的拖倒在地，一脚踹住，取出宝剑，就要砍下。吓得那人魂不附体，叫声："将军饶命！小的是守本分经纪小民，为何将军要杀我？"仁贵道："我且问你，你是哪里人氏？姓甚名谁？既说是经纪小民，为何上这山来？车子是什么东西？你且细细说明，饶你回去。"那人道："小人姓毛，名子贞，只有老夫妻二人，并无男女，住在摩天岭西首下，卖弓箭度日。因数日前山上，有二位将军，名唤周文、周武，要我解四十张宝雕弓上山去。昨日做成，今朝正要解上去。"仁贵道："你不要谎言，待我看来。"就把车厢启开一看，果然都是弓，数一数，准准四十张，仁贵就叫："毛子贞你推上去，倘被小番看见，疑你是奸细，打滚木下来，如之奈何？"毛子贞道："这摩天岭乃小人时常游玩之所，从幼上来，如今五十岁了。番兵番将无一人不认得我，见我这一轮车子，就认得的，再不打滚木下来。若走到上边。小番还要接住，替我推车。"仁贵道："你

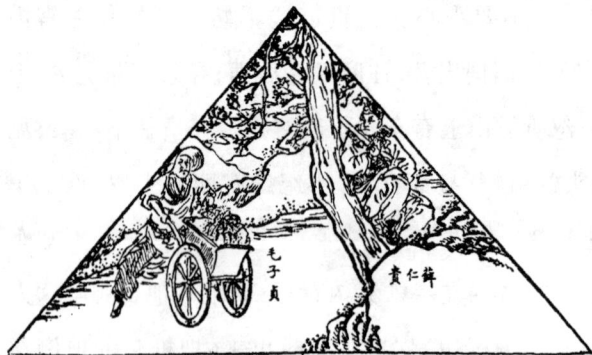

可知道山上诸事,守将有几员? 姓甚名谁? 番兵有多少? 可有勇的没有?"毛子贞道:"这里上去,便是寨门,里边有个大大的总府,守将周文、周武,兄弟二人,有万夫不当之勇。后半边有个山顶,走上去有二三十里。上有五位大将,一个名呼哪大王,左右两员副将,一名雅里托金,一名雅里托银,骁勇异常,还有猩猩胆元帅,一手用锤一手用砧。又有一个,乃高建庄王女婿,名红慢慢,使一口大刀,力大无穷。"仁贵一一记清在心,取出宝剑,把他砍为两段。上前把他衣帽剥下,将尸首撇在林中,自把头巾除下,戴了毡帽;又把白绫跨马衣脱落,将青布直身穿好,把自己震天弓也放在车之上,推上山来。

上面小番见了说:"哥哥那上来的,好似毛子贞。"那一个说:"兄弟不差!"看看来近寨口,又一个说:"那个毛子贞是黑脸有须,这上来的是白脸无须,恐是个奸细,我们打滚木下去。"仁贵听见打滚木,忙大声叫道:"哥哥,我不是奸细,是毛子贞之子解弓上来。"小番道:"那个毛子贞为何不解上来?"仁贵道:"我父亲有病卧床,恐怕解弓来迟,故打发我解上来。哥哥不信,看这轮车子,可像毛家之物么?"小番看道:"不差,这真是毛家的车子,快快进寨来。"仁贵答应,走进寨门。小番道:"待我们去报,你且在这里等一等。"仁贵道:"晓得!"

小番往府来说:"将军,宝雕弓解到了。"周文道:"毛子

贞解弓来么！唤他进来。"小番道："那解弓的不是毛子贞，那毛子贞有病卧床，使他儿子解上来的。"周文道："那个毛子贞在此解弓，也长久了，不闻他有儿子，为何今日有个儿子来，恐是奸细。你须盘问明白，说的对，可放他进来。"小番道："我们已经盘问明白，连车子也认清的。"周文道："既如此，唤他进来。"小番出来道："将军传你进去。"仁贵走到堂上，见周文、周武，忙跪下道："将军在上，小人毛二叩头。"周文道："你承父命，前来解弓，可晓得这里有多少大将？叫什么名字？说的不差，放你回去，若有半句不对，立即处死。"仁贵就将毛子贞所说言语，一一说出。周文道："果然不差，"你解来有多少弓？仁贵道："有四十张。"周文叫手下，到外边把弓点清收藏了。小番答应去了一回，走来禀道:"启上将军,车子上的弓有四十一张。"周文问道:"你说四十张,如何多了一张?"仁贵见问,想震天弓也在里边,便心生一计,说道:"二位将军,小人气力最大,学得弓箭,善开强弓,所以小人的弓,也带来放在车中。原不算在内,望将军取弓来与小人。"

周文、周武听了此言,心中欢喜道:"你有这个本事,快去取你自己强弓来与我看。"仁贵就往外向车子上取了震天弓进来,与周文、周武观看。周文接在手中,只开得一半说:"果然重,你试扯开与我看看。"仁贵接过弓来,连开三通,都是扯足,喜得周文、周武把舌头伸出道:"真有本事!你父毛子贞向在此间走动,为何不曾说起有这个小儿子?"仁贵道:"不瞒将军,小人平日最好六韬三略,所以投师在外,操演武

艺,十八般器械,虽不能精,也知一二,前月才回家来,所以父亲不曾说起。"周文、周武听他武艺多才,更欢喜道:"本将军善用大砍刀。你既晓得十八般器械,先把刀法,耍与我看看,好不好,待我教你。"仁贵道:"既如此,待毛二使起来。"就在架上拿下大刀,在堂上使起来,显出本事。只见刀不见人,撒豆不能近身,乱箭难中皮肉。周文、周武齐声叫好。仁贵使完,插好大刀,说:"二位将军!方才小人刀法,可有破绽,望将军指教。"周文、周武连声赞好道:"我们刀法,都不如你。"仁贵道:"将军休要谬赞,这大刀,我毛二性不喜它,所以不用心习练,将军为何反不如我?太谦逊了,我最喜欢的,是方天戟,日日当心使它,时时求教名师,比刀法还好些。"周文、周武道:"既如此,你一发耍与我看看。"仁贵就在架上取下画戟,当堂使起。他日日用惯的戟,虽然轻重不等,但觉用惯的器械,分外精通。周文道:"兄弟,看这戟法,分明是英雄大将了!"周武道:"是!哥哥,我们的刀法,不是他的对手了!"周文道:"兄弟,我今留他在山教点我们武艺了!"仁贵使完戟道:"二位将军,这戟法比刀法如何?"周文道:"好得多!我今与你结拜生死之交,弟兄相称。一则讲究武艺,二来山下唐将,讨战甚急,帮助我们,退了人马,待我保奏你出仕皇家,为官作将,你意下如何?"仁贵大喜道:"二位将军乃皇家栋梁,小人是一介细民,怎敢与将军结拜?"周文、周武道:"你休推辞过谦,我兄弟素性,最好的是英雄豪杰,岂有嫌你经纪小民?"就叫小番摆起香案,三人在大堂拜认兄弟。吩咐摆宴,三人坐下饮酒。仁贵言论兵书战法,头头有路,句句入门,喜得周文周武拍掌大喜。吃到三更时候,仁贵大醉,周文、周武送他到书房安歇。兄弟二人在灯下称仁贵之能,心中也有些疑他是大唐的奸细,坐到三更,二人到书房外,那仁贵醉犹未醒,昏昏沉沉,只道在唐营中,因为口渴,喊道:"那一个兄弟取茶来,与本帅来吃。"周文、周武听得明白。周武道:"哥哥,他既是毛家之子,为何称起本帅? 必是唐朝元帅。"周文醒悟道:"兄弟,一些不差。我看他战法甚好,闻说大唐穿白用戟的小将厉害,近日掌了兵权,名唤薛仁贵,必是他无疑。"周武道:"哥哥,如此,我们先下手为强。快去斩了他,有何不可?"周文道:"兄弟差矣! 我们是中原百姓,漂洋做客,流落高丽。平时发愿,已经不愿在外邦出仕,情愿回到中原,奈无机会,难以脱身。今番邦地方,十去其九,况我一家总兵,与元帅结为兄弟,也算难得,不如与他相通,投顺唐朝,共取摩天岭。一来立了功劳,二来随他回中原,岂不两全其美,兄弟意下如何?"周武道:"哥哥之言有理!"

当下周文、周武,推进书房说道:"薛元帅,小将取茶来了!"仁贵在床上听见,忙起来,看见周文、周武,吃了一惊,暗想:事情败露了! 遂跳下床,抽出宝剑说:"二位哥哥进来,有何话说?"周文、周武跪下道:"元帅不必隐瞒,小将已尽知帅爷是大唐元帅薛仁贵。"仁贵道："二位哥哥休要乱道，小弟实在是毛家之子。蒙二位哥哥结为手足，岂是什么大唐元帅？"周文道："元帅放心！我们兄弟二人，是中原山西太原府人，因漂洋为客，流落在此。今日虽为总兵，但要回中原之心已久，奈无机会脱身。今元帅果是唐将，兄弟情愿投降唐邦，随在元帅标下听用，共取高丽，班师回家乡去，全了我二人心愿，望元帅说明。"仁贵听了大喜道："二位哥哥请起！本帅与你们已经结为兄弟，患难相扶。今闻二位心愿投唐，本帅也不得不讲明。我果是唐朝元帅薛仁贵，奉旨来取摩天岭。不料此山太高，实难破取，故本帅出营闲步散闷。偶遇毛子贞解弓上山，只得将计就计，冒名上山。谁知二位哥哥，识出真情。今哥哥愿帮本帅立功，回到中原出仕，显宗耀祖，本帅甚喜。"周文、周武道："元帅肯收留，末将情愿在山接应。今元帅快去领人马。杀上山来，共擒五将，以立功劳。"仁贵道："我下山领兵上来，倘小番不知，打下滚木，如何抵挡？"周文道："这滚木，小将不叫他打，他怎敢打下去？元帅放心，冲杀上来，绝无大事。"仁贵欢喜。到了明天，仍扮做毛家之子，从后寨竟下山去。周文、周武聚集所管偏正牙将，晓谕投顺唐朝之语。那些偏正牙将，见主将已经投顺，谁敢不遵，大家整备器械，接应唐兵上山。

那薛仁贵回到营中，周青众兄弟接见，就问山上事情如何。仁贵就把昨日的事情，说了一遍。众兄弟听了欢喜，大家通身扎束，领了十万雄兵。仁贵当先，众兄弟排列队伍，随后上山。到了寨口，周文、周武接住道："元帅！待末将二人诈败，跑上山峰，你带众将，随后赶上山来，使他措手不及，就好成事了！"仁贵道："不差，二位哥哥快走。"周文、周武回马，倒拖大砍刀，往山上乱跑，仁贵在后追上山峰，后面七员总兵，带领人马，一齐上山。周文、周武跑近寨口，呼声大叫："我命休矣！快快来救！"小番听见，望下一看，忙报进银安殿去了。

这座殿中，有位呼哪大王，生得青面红眉，凤眼狮鼻，海口大耳，胡须下垂，身长一丈；两员副将，生得浓眉豹眼，腮下几根短须，身长丈余；驸马红慢慢，生得红面浓眉，圆眼无须，身长一丈一尺，力大无穷；元帅猩猩胆，生得面如雷公，四个獠牙，露出口外，身长五尺，厉害不过。这五人皆在殿上讲论兵法，忽见小番报进来说："不好了！唐将领兵杀来，二位周总兵，杀得大败，被他追上山来了！"五人闻言，定心一听，只听得山下喊杀连天，鼓炮如雷，问："何不打滚木下去？"小番道："滚木打不得下去。二位周总兵在半山中，恐伤了自家人马。"五将听了，心慌意乱，元帅猩猩胆，忙取了铜锤铁砧，四将亦提刀拿枪，各各上马，来到寨口。呼哪大王冲先，后面就是雅里托金，雅里托银。那周文、周武假败上山，撞着呼哪大王，说："唐将骁勇，须要小心。"二人说了这一句，就闪在呼哪大王背后而去，遂抵住雅里兄弟，不放

他到寨口接应。雅里兄弟见二位周总兵,把刀砍来,忙把枪架住,四人战在一堆。后面红慢慢举起板门刀,冲上来喝道:"周文、周武反了!"正欲回身,要取他性命,却被仁贵赶到,把戟直往呼哪大王面门上刺进来。他喊声:"不好!"要招架,也来不及,竟被仁贵刺中咽喉,挑落山下去了。仁贵遂冲上去,正撞着红慢慢,他大喝道:"穿白将不要走,看刀罢!"提起板门刀,往仁贵砍来,仁贵把方天戟架开。二人战了数合,只是平手。猩猩胆见红慢慢不能取胜,急来助战。仁贵左手扯起白虎鞭要打,他又离开。

这时周青等七人。领兵到山上,把番兵乱砍乱杀,死者不计其数。那仁贵正与红慢慢杀得气喘吁吁,恰好周青赶到说:"元帅,我来助战了!"提起双铜就打。红慢慢连战二将,全无惧色。周氏兄弟与托金、托银杀了四十余回合,刀法渐渐松下。忽见李庆红、王心鹤赶到,帮助二周,提刀乱砍。托金、托银虽勇,哪里挡得四将,但见呼呼喘气,要败下来。猩猩胆看见,就照李庆红身上一锤砸。庆红叫声:"不好!"竟被猩猩胆打了一个大窟洞,血流如注而亡。王心鹤见了,眼中流泪,只好招架猩猩胆。周文、周武两口刀,又不能取胜托金、托银。

那边仁贵、周青与红慢慢杀到一百合,总难取胜。又闻猩猩胆伤了李庆红,眼中流泪,戟法渐渐松下。此时姜兴霸、李庆先、薛贤徒、王新溪杀得番兵,东逃西奔,就来帮助仁贵,把一个红慢慢围住,枪刺刀砍,铜打斧劈,那红慢慢好不厉害,把一柄板门刀,前遮后拦,左钩右掠。仁贵叫:"众

兄弟,你们小心,我去帮助周兄弟挑了两将,再来杀这番狗。"就退下去。左手取弓,右手拿出一条穿云箭,搭在弦上,照定猩猩胆的咽喉射去。猩猩胆喊声:"不好!"伤了左膊,就带箭往西逃去。仁贵望见猩猩胆逃去,又催马来战红慢慢叫:"众兄弟去帮周文、周武,杀了托金、托银,再来助我。"那薛贤徒、姜兴霸、王新溪答应一声,就来帮助周文、周武,把雅里兄弟乱刺乱砍。托银心中慌乱,被王新溪刺中咽喉,坠马而死。托金见兄弟刺死,心中慌张,被周文一刀砍去,杀作两段。众人大悦,一齐拥来,把红慢慢围住乱杀,杀得他呼呼喘气,刀法混乱,被仁贵一戟,刺中前心,死于马下。于是破了摩天岭。

独木关

话说，唐太宗御驾东征，一路势如破竹。一日，命张环去攻独木关，张环奉旨，令三军放炮起兵，一路下来，行有二百余里，到了独木关，安下营盘。谁想薛仁贵在路上冒了风霜，得了一病，十分沉重，卧床不起，过了三天，无人出马讨伐。那独木关守将，名为金面安殿宝，实授副元帅之职，骁勇厉害。又有两位副总兵，一个名蓝天碧，一个名蓝天象，二人具有万夫不当之勇，生得浓眉豹眼，蓝面红须。三人正在堂前议事，忽有小番报进来说："大唐人马，扎营关外，已过三天，不知为什么并无将士讨战？"安殿宝听了道："本帅闻薛仁贵十分骁勇，为何过了三天不来讨战？"蓝天象道："待小将出关前去讨战，若薛仁贵出来，会会他本事，若薛仁贵不在里边，就踹他营盘，有何不可？"安殿宝道："将军所见甚是！二位将军，一齐出去。"二将应声得令，各拿兵器，放炮出关。

蓝天碧先至唐营大叫道："我闻薛仁贵十分骁勇，既来攻关，因何三日不交战？故我先来讨伐，有能者可快快出营会我。"军士飞报入营。张环闻知，便对四子一婿

道：“关中番将在外讨战，薛仁贵又卧病不起，如今谁人去抵挡？”张志龙道：“爹爹放心？如今薛仁贵有病，待孩儿前去抵敌。”张环大喜，命何宗宪掠阵。宗宪道：“得令！”二人上马，整兵出营。志龙看见番将，大喝道：“你是什么人，留下名来？”蓝天碧道：“我乃元帅标下大将蓝天碧就是。你有多大本事，敢来会我，亦通名来。”志龙道：“我乃张志龙便是。你可知我本事厉害，快快下马归顺，若有半个不字，叫你死在目前。”天碧大怒，把枪刺来，志龙拿枪架开。二人一来一往，大战上六合，番将本事高强，志龙哪里是他对手，杀得气喘吁吁，反被天碧活擒过马，往关内去了。何宗宪见张志龙被擒，便大怒纵马赶过来。关前蓝天象拿大砍刀上前拦住喝道：“穿白小蛮子可就是薛仁贵么？”宗宪冒名应道：“然也！既闻爹爹大名，何不早早下马受死？”天象道：“你来得正好，我正要活擒你。”宗宪就把方天戟，照着蓝天象面门刺来,天象把刀桌在傍首。二人战到八个回合,何宗宪本事欠能,刀法慌乱,被天象架开戟,拦腰挽住,把宗宪活擒过马,竟自回关,来见安殿宝。把他二人,关入囚车,待退了大唐人马,再行处治。

唐营内张环闻报子婿被擒,惊得面如土色,想道:仁贵有病,不如着周青去救,自然回来。遂叫中军官拿令箭,到前锋月字号内,传周青来见。中军领命,来到前锋营,也不下马。他是昨日新参中军,不知周青厉害,竟大模大样,往里面喝叫一声:"大老爷有令,传周青去见。"那周青正在里面吃饭,听见他大呼小叫,便骂道:"不知哪个瞎眼的,见我

在此吃饭,还要呼叫我们,不要睬他。"那中军官传呼,不见有人答应,焦躁起来,说:"你这王八,如此大胆。大老爷传令,怎么不睬我?"周青听得中军叫骂,一时大怒,就走出来喝道:"你骂哪个?"中军道:"大老爷有令传你,如何不睬,又要中军爷在此等候,自然骂你。你敢骂我,待我禀知大老爷。打你个半死。"周青听了,走上前来,把中军大腿上一扯,连皮带肉,扯了一大块。中军官喊叫:"不好?"在马上翻下,把一条令箭,折为三断,爬起来忙来见张环道:"大老爷,那周青杀野不过,不遵大老爷法令,把令箭折断,全然不理。中军吃亏,只得忍气回来缴令。"张环听了喝道:"我把你这狗头重处才是。本总每日差人去传他们,他们何等遵法!今日差你去,就把令箭折断,不遵号令,想是你得罪了他们,所以吃亏回来。左右过来,把这中军锁住,待我自去探问。"两旁答应,就把中军锁住,张环带了左右,步行往前锋营来。

张环来到营前,周青等闻知,尽出迎接。张环入营,周青道:"未知大老爷到此何事?"张环道:"我特望薛仁贵病症如何。"周青听了,就引张环到薛仁贵床前,周青叫道:"薛大哥!大老爷在此望你。"薛仁贵梦中惊醒,看见张环说道:"大老爷!你是贵人,怎么亲自来望我?我哪里当得起?"张环道:"仁贵,你这两天病势如何?"仁贵下泪道:"我这病,没有减轻,想不能好了。"张环道:"你不必纳闷,保重身体,自然渐愈。"仁贵道:"多谢老爷费心。我近日有病,不知外事,未知这两天,有人交战么?"张环道:"哎!仁贵,不要说起。昨日番将讨战,两位小将军已被擒去。今早差中军来传周青去救,不知怎样得罪了?被周青摔打一场,令箭折断。我亲自来此,一则来探问实情,二则来看望你。"仁贵听了,想

周青不遵王法,气得面脸失色,大喊道:"我有病在床,他如此不法,今趁我在此,把周青锁了,重打四十棍,责罚他一番。"张环道:"周青蛮顽,我也不计较他。只要他出马,救了二位小将军,就将功赎罪了!"仁贵道:"这也罢了!周兄弟,如今大老爷不加罪你,你可好好出马,救了二位小将军,将功赎罪,快快出去!"

周青不敢违逆,同了七个兄弟,结束上马出阵,周青一马当先,冲到关前大呼道:"关上番儿,快快报去,说有大唐周青,在此讨战。"小番连忙报入帅府,蓝家兄弟闻报,即放炮出关,迎住喝道:"来将留下名来!"周青道:"俺姓周名青,本事高强。你快快把我二位小将军献出来,饶你狗命;若有半句支吾,叫你死在目前。"蓝天碧微微冷笑道:"我闻大唐姓薛的,最为强勇,不闻有姓周的名。我不怕你,放马过来,看我枪罢!"二人交锋战了十合,周青铜法厉害,番将面皮失色。周青冲锋过来,把天碧活擒过马,回营前来,关前蓝天象见哥哥被捉,心中大怒,纵马出阵,大叫:"蛮子不要走!快快放我哥哥来!"周青到了营前将蓝天碧丢下。张环吩咐绑去,周青又冲出阵。天象提刀就砍。周青急架相还。只听得刀来铜架叮嗒响,铜去刀迎碰火星。二人战了十余合,天象招架不住,被周青一铜,打死马下。众小番看见,忙把关门紧闭,飞报副元帅去了。周青得胜回营,张环大喜,就把蓝天象首级号令。

且说关上小番,连忙报知安殿宝,说:"二位将军,被唐兵伤了!"安殿宝闻言大惊,提银锤上马,放炮开关,冲到唐营大叫道:"安元帅在此讨战,快叫贼兵早早出营受死。"周青闻知,与众兄弟出营一看,见来将生得凤眼金面、高鼻阔口、长耳银牙,手拿两柄银锤,好似天神一般。周青看了,叫道:"众兄弟!你们看这鬼脸番儿,谅必厉害,若有差池,你们速速上来帮我。"众人道:"晓得!哥哥放心!"周青冲上前来,大喝道:"来

将何名?"安殿宝道:"本帅姓安名殿宝,高丽一国,算本帅为能。你有多大本事,敢来送死? 也通个名来。"周青道:"俺乃周青是也。你岂不闻爷爷厉害,敢来讨战?"安殿宝道:"本帅只闻薛仁贵,不闻有你之名,就是薛仁贵,今日逢着本帅,也难躲避,何况于你!"周青大怒,把铁锏打来。安殿宝把银锤往铁锏一枭。周青叫声:"不好!"在马上乱蹬,险些儿跌下马来,忙回头叫:"众兄弟! 快快上来!"众兄弟大家答应,纵马上前,把枪刃剑斧,一齐乱砍乱刺。安殿宝舞动两柄银锤,在马上前遮后拦,左钩右掠,上护其身,下护其马,迎开枪,逼开斧,招开刀,拦开锏,哪里在他的心上。八人战他一个,还是他骁勇。战到四十个回合,不分胜负。两边战鼓如雷,炮声连天,忽惊动前锋营薛仁贵。他有病在床,最喜安静而睡,不想外面战争,喊声大震。仁贵哪里睡得,忙问小卒:"外面哪里开战? 如何杀了半日,不定输赢?"小卒道:"营外周将官在那里开兵。不料关内出来一将,叫作安殿宝,骁勇异常,因此战他不过,所以战鼓不绝。"仁贵大怒道:"我到高丽地方,一路势如破竹。今一病在床,安殿宝一人,八人竟战他不过,气死我也! 拿我的盔甲过来,待我去杀他。"小卒道:"这个使不得。你有病在身,保重尚且不好,怎去与他开战?"仁贵道:"你晓得什么。我一腔豪气,愤愤在心,今虽有病,哪里容得番奴如此威武。"说完爬起来穿好衣服说:"快拿盔甲与我!"小卒道:"这是断乎使不得的,要开战,必待病好。"仁贵大怒道:"快去拿来!"小卒无奈,只得取出盔甲过来,仁贵拿起银盔,戴在头上,十分沉重,虽知气力衰弱,亦顾不得。又拿起银甲,披在身上,又叫带马抬戟来,慢慢跨上马鞍,拿过方天戟,独如千斤模样。走出营盘,将马加上两鞭,这马不管好歹,竟冲上前去。

薛仁贵一马跑到阵前,大叫:"众兄弟,快退下来,待我取他性命。"阵上众兄弟,杀得汗流浃背,巴不得有人来助,忽见薛仁贵出马,心中大喜,一齐退下,忘记了仁贵病体,由他独自向前。那安殿宝看见八人退去,又见穿白持戟的出来,知是有名的薛蛮子,就扣住了马,把二柄银锤,一柄朝上,一柄向下,看他冲来与我打话。哪晓得薛仁贵病中身不由己,凭这马一直冲到敌将面前,手中提起戟向前刺去。安殿宝不防备,要招架也来不及,喊道:"啊唷!"戟已刺入咽喉,死于马下。后面八个弟兄看见大喜,一齐杀上,抢入关内。杀得那番兵,死的死,散的散,遂杀入帅府,救出张志龙、何宗宪。张环领兵入关,查明粮草,改换旗帜,犒赏三军,差人往御营报捷。太宗闻知大喜。

宝林认父

话说，唐朝贞观年间，征伐北番，兵到白良关，关将刘方，字国贞，出阵，被唐将尉迟恭一鞭打伤，伏鞍败回关中，到了衙内，扶进书房坐定，说："啊嗬嗬打坏了。"把盔甲卸下靠在桌子上。这时里面走出一个人来，面如锅底，黑脸浓眉，豹眼阔口，大耳钢牙，颏下无须，年纪只有二十岁，身长九尺余，足穿皮靴，打从刘国贞背后走过，说声爹爹。那刘方抬起头来说："我儿，你来到老父面前做什么？"原来他就是刘国贞的儿子刘宝林。他便回说："爹爹，闻得大唐人马，来攻打白良关，爹爹今日出兵，胜败若何？"国贞见问，说道："嗳！我儿不要说起，中原尉迟蛮子骁勇，为父的与他战不数合，被他打了一鞭，吐血而回，身上好不疼痛。"宝林大惊！道："爹爹被南朝蛮子伤了一鞭，待孩儿出马前去，与爹爹报一鞭之仇。"刘方说："我的儿怎么说？动也动不得，那个尉迟老蛮子，厉害非凡，为父的尚难取胜，何在于你？"宝林说："爹爹，不妨从来将门之子，未及十岁，就要与皇家出力，况且孩儿年纪算不得小，正在壮年，不与父亲报恨，谁人肯

尉迟宝林

宝林认父

与爹爹出力?"国贞说:"我儿虽然如此,只是你年轻力小,骨肤还嫩,枪法未精,那尉迟蛮子,年纪虽老,枪法精通,只怕你不是他的对手。"宝林道:"不瞒爹爹说,孩儿逐日在花园中,操演枪法鞭法,件件皆精,哪怕尉迟蛮子,一定要还他一鞭之仇,今日就要出马。"说罢,就去顶盔贯甲,拿一条铁钢鞭,骑一匹乌雕马,手执乌金枪,说:"爹爹孩儿前去上阵。"刘方道:"我儿慢走,须要小心,待为父的到关上与你掠阵,带马来!"国贞跨上马,军士一同来到关上说:"我儿不可莽撞,听为父的鸣金就退。"宝林应声道:"是,爹爹不妨。"一声炮响,大开关门,一马冲到唐营,喝声:"快报与尉迟蛮子知道,今有小将军在此,要报方才一鞭之恨,叫他早早出来会我。"

　　这一声叫,有军士报与唐朝元帅得知,说道:"启上元帅,营外有北番一个小番儿,坐名要尉迟爷出去,要报方才一鞭之恨,开言辱骂,请元帅定夺。"元帅说道:"诸位将军,方才尉迟将军打败番将,如今又有这小番儿讨战,谁敢出去会他。"闪出程咬金说道:"待小将出去会他一会。"元帅尚未出令,旁边又闪出尉迟恭来,叫声:"元帅,既是这小番儿,坐名要某家去会战,仍待某家出去会他。"元帅说:"将军出去,须要小心。"尉迟恭说:"不妨。"军士们带马抬枪。程咬金道:"我与你掠阵,看你胜得他么?"尉迟恭跨上了马,手提了枪,放炮一声,冲出营门。程咬金来到营门外,抬头一看,

说:"啊呀呀！好一个小番儿,只看见他铁盔铁甲锅底脸,系鞭提枪,单少胡子,不然是一个小尉迟恭无二的了。便叫声:"老黑,这个小番儿,倒像你的儿子。"尉迟恭道:"休得乱讲,你与某家嘯敌。"说罢就拍马豁喇喇冲到刘宝林面前,把枪一起,那边一条乌金枪,嗒喇一声响,架住了,叫声:"来的就是尉迟蛮子么?"应道:"是也,你这小番儿,既知我老将军大名,何苦出关送死?"刘宝林听说:"啊呀,我想你这蛮子,怎么把我爹爹打了一鞭,所以我小将军出关,要报一鞭之恨,不把你挑一枪,刺得你前心后透,誓不为人。"尉迟恭呵呵冷笑说道:"方才刘国贞被我打得抱鞍吐血,几乎丧命,何况你这小小番儿,想是你活得不耐烦了。"宝林说:"蛮子不必多言,看家伙。"劈面一枪过来。尉迟恭嗒唲一声,架住了枪说:"你留个名儿,好挑你下马。"宝林说:"你要问我名字么? 方才打坏老将,就是俺小将军的父亲,我叫刘宝林,可知道小爷爷本事厉害,你可下马受死,免我动手。"尉迟恭大怒,拍马冲来,劈面一枪。宝林不慌不忙,把乌金枪一连几枪,尉迟恭都架在旁边。这一场大战,枪架枪,马交马,老少两个英雄,战到五十回合,马交到二十个照面,直杀个平手,还不肯住,又战了几个回合,只见日已西沉,宝林大叫一声:"啊唷! 果然好不厉害的老蛮子。"尉迟恭说:"小番儿,你有本事再放出来!"宝林也说:"呔! 哪个怕你,有本事大家放下枪,鞭对鞭,分个高下。"尉迟恭冷笑道:"你这小番儿,也会使鞭,难道某家怕了你吗?"就放下枪,宝林也放下枪,两边军士,各自接过了枪。二人腰里取那铁钢鞭拿在手,两条鞭是一样。尉迟恭急架相迎,这一鞭叫"乌云盖顶宝堪夸",那一鞭叫作"黑虎偷星真难挡"。两下鞭来鞭架,鞭去鞭迎,真杀得杀气腾腾,不分南北,征云蔼蔼,莫辨东西,天地生愁,日月无光。二人又战了十余个回合,已杀到黄昏时候,不分胜败。关上刘国贞看见天色已晚,不见输赢,就吩咐鸣金。宝林把鞭架住说道:"老蛮子,本待要取你首级,奈我父亲鸣金,造化了你,留你活了一夜,明日取你性命罢!"尉迟恭也叫声:"小番儿,你家老不死的,道你今夜死了,故而鸣金,也罢,明日取你命罢!"两骑马一个进关,一个进营。

尉迟恭来见元帅说:"方才出战的小番儿,果然厉害,与某家只杀得平手,难以取胜。"元帅说:"方才本帅闻报,尉迟将军,与小番儿战个敌手,不道北番原有这样能人。"尉迟恭说:"少不得某家明日要取他首级。"不表唐营之事,再讲那刘宝林进关,说:"爹爹,尉迟蛮子果然厉害,不能取胜,明日孩儿出马,定要伤他性命。"刘方说道:"我儿,今日出兵辛苦了,为父的虽做总兵,倒没有你这本事,与老蛮子战到百十余合,亏你好长力。"宝林说:"爹爹,所以英雄之名,出于少年,如今爹爹年迈了,自然战不过这蛮子了。"父子一路讲论,到了衙门下马,卸去盔甲,来到书房。国贞说:"我儿,你辛苦了,到你母亲房内去罢,明日再与那蛮子相杀。"宝林应道:"是。"来到内房,只听那些番女说:"夫人且免愁烦,公子进来了。"

宝林走近前来,只见夫人,坐在榻上,眼睛哭得通红,在那里下泪。便叫声:"母亲,孩儿日日在房中,见你忧愁不快,今日又在下泪,不知有甚事情?孩儿今日倒要问个明白。"夫人道:"啊呀!我的儿呀!做娘的,要问你今日出兵,与唐将哪一个交战?快快说与做娘的知道。"宝林道:"母亲,儿孩出阵,那中原来的一个尉迟老蛮子,十分骁勇,爹爹出战,被他打得抱鞍吐血而回,所以孩儿不忍,出马前去,要与爹爹报仇。谁想尉迟蛮子,孩儿与他战到百十余合,只杀得个平手,不得取胜,少不得孩儿,明日要取他的命。"夫人听说大惊道:"我儿那中原尉迟蛮子,可通名与你叫什么名字?"宝林道:"母亲,他叫尉迟恭。"那夫人听了"尉迟恭"三字,不觉眼中泪珠,更如雨下,滚个不住。宝林一见,好似"黑漆皮灯笼,冬瓜撞木钟"。连忙急问道:"母亲究竟为着何事,可与孩儿说明,任有千难万难事,有孩儿在此去做。"夫人看丫鬟在此,说道:"到你外边去,看老爷进来,报我知道。"丫鬟应声走出。夫人就带泪说道:"啊儿呀!你虽有此言,只怕未必做得来,做娘的为了你,有二十年冤屈之事,谁人知道?到今朝儿孩长大成人,不思当场认父,报母之仇,反与仇人出力。"宝林连忙跪倒,叫声:"母亲,说话不明,犹如昏镜,此冤屈从何说起。孩儿心内不明,乞母亲快快说与孩儿知道。"夫人道："儿啊，做娘的今日与你说明，报仇不报仇由你，做娘的如今就死黄泉也是明白的。"宝林道："母亲到底怎么样？"夫人道："我儿，今日对敌的尉迟恭原是你父亲，刘国贞却是做娘的仇人，你不知么？"宝林大惊道："母亲，孩儿不信，乞母亲细细说明此事。"夫人道："你不信，这也怪你不得，方才这鞭，你快拿过来，就可明白。"宝林拿过鞭来。夫人道："我儿，这一条鞭，名曰雌鞭，你可见那嫡父手中，乃是一条雄鞭。还有四个字，嵌在柄上，你也不当心去，看他一看，自己名字可姓刘么？"宝林把鞭轮转一看，果然在上面刻着'尉迟宝林'四个细字。不觉叫声道："啊呀母亲，看这鞭上，姓名实不姓刘，反与中原尉迟恭同姓，母亲又是这等讲，不知其中委曲之事，到底是怎么样的？"

夫人道："我儿，说来真正可恼可恨！做娘的当日同你嫡父在朔州麻衣县中，做了四五年的夫妻，打铁为活。那一年，唐王招兵，你父往太原投军，做娘再三阻挡，你父不听。我身怀六甲，有你在腹，要你父亲留个凭信，日后好父子相认。你父亲说：'我有雌雄鞭两条：一条有敬德两字在上，自为兵器，乃是雄鞭；一条有宝林两字在上，乃是雌鞭，就交与你，倘得生男，便取名尉迟宝林，日后长大成人，叫他拿此鞭来认父。'不想你父亲一去，投军数载，杳无音信，却被这奸贼刘国贞抢掳做娘的到番邦来。那时我要寻死路，因你尚在母怀，深恐绝了尉迟家后代，所以做娘的，只得含忍到今，专等你父前来，平定北番，待你父子团圆，我就死了也安心的了。"宝林听罢，不觉大叫一声，道："如此说起来，今日与孩儿大战之人，乃我嫡父也，啊唷！尉迟宝林啊，你怎当面不认父亲，反与仇人出力，罢罢罢！待孩儿先到书房斩了这贼，明日再去认父便了。"就在壁上抽下一口宝剑，提在手中，便欲出房。夫人连忙阻住，说道："我儿不可造次。"宝林说："为什么？"夫人道："那刘国贞在书房中，心腹伴党什么，你若仗剑前去，倘事不成，被他拿住，我与你母子的性命，反难保了。如今做娘的，有一个计较在此：你只做不知，明日出关交战，与你父亲当场说明，叫他会合营中诸将，你诈败进关，砍断吊桥索子，引进唐兵，诸将杀到衙内，共擒贼子。一来与母亲报仇，二来你父子可以团圆，三来征伐北番，你父子得了头功，岂不为美？"宝林听了，只得忍耐一夜。

到了天明，尉迟宝林道："母亲，孩儿就此出去，引父亲进关，同杀恶贼。"夫人道："我儿须要小心。"宝林应道："晓得。"连忙顶盔贯甲，系鞭出房。来到书房，国贞看见，叫声："我儿，你昨日与大唐蛮子大战辛苦，静养一天，明日出兵罢。"那刘宝林不见那刘方到也走过了，因见他开口，问了一声，不觉冒火大怒，恨不得就把他一刀劈为两段，只得且耐定性子，随口应声不妨。出了书房，吩咐带马抬枪，小番答道："齐备了。"宝林上马，竟是出去。国贞看宝林自去，因自己打伤，要调养，吩咐小番把都儿，当心掠阵，"倘小将军有

宝
林
认
父

113

些力怯,你就鸣金收军。"把都儿一应得令。再表尉迟宝林来到关前,吩咐把都儿放炮开关。只听得一声炮响,大开关门,放下吊桥,一马当先。冲出营前,大叫快报与尉迟蛮子,叫他早早儿出来会俺。"

军士报进唐营,尉迟恭立刻出来,跨上雕鞍,提枪系鞭,冲出营门,两边战鼓震动,大喝道:"小番儿,你还不服某老将军手段么? 管教你命在旦夕。"宝林心中一想,把金枪一起,喝声:"老蛮子,不必多言,照枪罢。"兜面便刺。尉迟恭急架相迎,两人战到六七合,几个照面,宝林把金枪虚晃一枪,叫声:"老蛮子,果然枪法厉害,小爷爷让你。"拨转坐马落荒而走。尉迟恭心中大喜,大叫道:"往哪里走? 老爷来取你的命了。"把马一催,就豁喇喇追上去。宝林假败下来,往山坳里就走,回头不见了白良关,把马带转。尉迟恭到了面前,喝声:"还不下马受死。"插的一枪,直到面前。宝林把乌金枪嗒哴一声响迎住,叫声:"爹爹休得发枪,孩儿在这里。"连忙跳下雕鞍,跪拜于地。尉迟恭见他口叫爹爹,下马跪拜,倒收住了枪,说:"小番儿你不必这等惧怕。只要献关投顺,就免你一死。"宝林道:"爹爹,孩儿当真在此相认父亲。"尉迟恭道:"岂有此理? 你认错了,某家在中原,为国家大臣,哪里有什么儿子,在于北番外邦? 没有的! 没有的!"宝林道:"爹爹,你可记得二十年前,在朔州麻衣县投军,与母亲分离,孩儿还在腹中。一去之后,并无音信,到今二十

余年,才得长成,相认父亲。难道爹爹就忘记了么?"

尉迟恭一听此言,犹如梦中惊醒,不觉两泪交流道:"那年离别之后,我妻身怀六甲,叫我留信物一件,作为日后相认之物,现在你并无信物,未可深信,一定认错了。"宝林道:"怎么没有信物?"手拿起一条水铁钢鞭,递与尉迟恭,说道:"爹爹,你还认得此鞭么?"尉迟恭把鞭接在手中,仔细一看鞭,上刻着"尉迟宝林"四字。认得是自己亲造,不觉说道:"果然是我的孩儿。"那时便滚鞍下马,道:"为父今日得见孩儿之面,真乃万幸。我与你母亲分别以后,也受许多苦楚。后蒙主上封官,差人到麻衣县接你母亲,并无下落。又差人四处察访,音信全无。岂知孩儿反在北番,因何到此?你母亲何在?"宝林道:"爹爹,我母亲自从与你离别之后,在家苦守,不想被这番奴,刘国贞贼子掳到北番,屡次强逼,我母亲欲要全节而亡,因有孩儿在腹,恐绝了后嗣,所以毁容阻挠,坚心苦守孩儿长大,直到今朝叫我来认父亲。"尉迟恭又惊又喜道:"原来如此,为今之计,怎生得见夫人?"宝林道:"爹爹,母亲曾对我讲过,叫爹爹假败进营,再会合诸将,上马提兵,与孩儿交战,待孩儿假败,砍断吊桥索子,冲杀进关,共擒贼子,就好相见,得了白良关。"尉迟恭道:"此计甚妙!我儿快快上马。"于是父子提枪,跨上雕鞍,冲出山坳,叫声:"小番儿,果然厉害,某今走矣,休赶休赶。"一马奔至营前。宝林收住丝缰,假作呵呵大笑,说道:"我只道你长久不败,谁知也有今日,快叫能事的出来会我。"

此话少表,单讲尉迟恭下马,走下军中,来见元帅,说:"白良关已得了。"元帅道:"将军未能取胜,白良关怎么得来?"尉迟恭道:"北番这位小将,乃是某家嫡子,所以今日假败,到落荒相认,父子团圆。我妻现在关中,叫孩儿对某讲,会合诸将,上马提兵杀出营门,等我孩儿假败下去,砍断吊桥,抢进关中,共擒守将,岂不是白良关唾手可得么?"众人闻言大喜!元帅道:"果然有这等事,你子因何落于北番?"尉迟恭就把麻衣县夫妻分别之事,细细说了一遍。元帅方才明白,即发令箭数支,令:"诸将上马领兵抢关,擒北番之将,须要小心,不得违令。"众将应声:"是。"当有马、段、殷、刘、程五将，上马提兵，出营门观望。尉迟恭冲出营门，大叫道："小番儿，某家来取你命。"拍马上前，直取宝林。宝林急架相迎，父子假战了几回，宝林便走，尉迟恭叫声："哪里走？"回头又道："诸位将军快些抢关。"那五将与大小三军赶至桥边来。

宝林过得吊桥，有小番高扯吊桥，忙发狠牙，却被宝林砍断索子，吊桥坠落。众小番大惊说道："公子怎么反将吊桥索子砍断？"宝林喝声道："谁敢多言？哪个是你们公子？看错？"连挑几个。小番喊道："公子反了！"一哄进关。诸将过了吊桥，宝林道："爹爹，这里来。"六将杀进关中。那关中番官们多顶盔贯甲，上马提刀，上来抵敌。尉迟恭父子两人，两条枪，好了不得，来一个，刺一个，来两个，刺一双。程咬金手执大斧说："狗番奴！"骂一句，杀一个，骂两句，杀一双。殷、刘、马、段叫声"呔！"提起大砍刀，杀人如切瓜，直杀至总兵衙门。刘国贞一听此报，着了忙，说："坏了，坏了！"上了马，与家将出来，只见前面尉迟宝林，引路直冲上来。刘国贞把枪一起，直刺过去。宝林把枪噶嗒一响，架住在旁边，打马交锋过来。国贞正冲到尉迟恭面前，尉迟恭把鞭拿在手中，说声："去罢。"当胸一鞭。国贞叫得一声："啊呀！"一口鲜血喷出，坐不住马鞍，跌下马来，军士上捉住。缚将起来，其余小番们，以及家将等，算他们晦气，一刀三个的，一枪四五个的，有识时务的，口叫："走呵走呵！"多往金灵川逃走，杀得关内无人。

尉迟父子进了衙门，滚鞍下马，说："孩儿快去请你母亲出来相见。"宝林奉了父命，来到房中，只见夫人珠泪滚滚，犹如雨下。宝林忙叫："母亲，如今不必悲泪，爹爹现在外面，快快出去。"夫人道："我儿当日你父曾叫我抚养孩儿成人，以接后代，到今朝父子团圆，虽是节操能全，我只恨刘国贞谤毁我名，今可擒住么？"宝林道："母亲，已经绑在外面了。""既如此，我儿与我先拿他进来，然后与你爹爹相见。"宝林便走出外面拿进刘国贞。刘国贞叹声道："罢了罢了！养虎伤身。"夫人一见，大骂："贼子，你谤毁我节操声名，妄称为妻，使北番军民，误认我为不义，怎知我含愤难明，因身怀此子，不忍负我夫重托，所以偷生在此，今幸父子团圆，我完节之愿毕矣。"即叫："我儿，快将这贼砍了。"宝林提起一

剑把刘方杀死。

　　夫人道:"我儿,你往外面唤你父亲到里面来。"宝林奉命,出得房门。夫人大撞一声将头撞上粉壁,顿时撞死。宝林来到外面道:"爹爹,母亲要你里面去相见。"尉迟恭大喜!父子同到里面,一见夫人触墙而死,宝林大哭,叫声:"我的母亲啊……"那尉迟恭吓呆了,只得流着泪道:"我儿,既死不能复生,不必悲啼。"就将尸骸埋葬。这时大队人马,已进白良关,将关中粮草,盘查收藏,当夜设宴,与尉迟恭贺喜。

盘肠大战

话说，唐朝贞观时候，太宗命薛仁贵率领大兵征伐西番，不料西番兵强将勇，把薛仁贵围困在锁阳城内。因此只得又命薛丁山为征西二路元帅，点兵急往救援。薛丁山奉旨，当即传令各军于明日五更，齐至教场听令。

到了次日早晨，薛丁山头上带顶闹龙束发太岁盔，身披一件锁子天王甲，外罩暗龙白花朱雀袍，背插四面描金显龙旗，足穿利水云鞋，手持画杆方天戟，腰间挂下玄武鞭，左边悬下宝雕弓，右边袋内放下三支穿云箭，坐下一匹龙驹马，后面扯一面大纛旗，书的"征西二路大元帅薛"，好不威武，来到教场。诸将上前打拱已毕，点清了三十万人马。薛丁山命尉迟青山解粮，点罗通为前部先锋，点程千忠为后队，逢山开路，遇水搭桥。祭过了旗，放炮三声，摆开队伍，竟往西番大路而行，老夫人与小姐亦结束打扮，一同前进。只见龙旗分五色，剑戟密层层，队队分行伍，众将似天神，果然名不虚传。从陕西过了宁夏，出了玉门关，前面有座棋盘山，山极高峻。只听得山上

罗通

一阵锣响，山上走下数千喽啰，冲出一个大王，头戴亮银盔，身穿熟铁甲，手执黄金棍，飞奔而来，挡住去路。大叫道："打我山前过，十个头留几个，若然没有买路钱，你军中留下一个少年女子，做个压寨夫人。"罗通听了大怒道："好大胆的强徒，天兵到此，你敢如此口出胡言。"把枪一起，照胸一枪，向面门上刺去。那大王叫窦一虎，是步战，纵跳如飞，把黄金棍往枪上噶琅只一架，亦来得厉害。罗通这条枪，抬转来，圈回马，又是一枪，如是窦一虎抬不起了。二将交锋三十余合，杀得窦一虎浑身是汗，抵敌不住，只得投降，所有喽啰也俱归唐。于是一路下来，到了界牌关。吩咐放炮，立下营寨。

且说这界牌关守将，姓王名不超，官封一等侯，年纪六十八岁,身长一丈,面如银盆,五绺长须,一条条好似银丝。斗米十肉,使一支丈八蛇矛,重百二十斤,有万夫不当之勇,四海闻名。是日在关上操演兵马,对众将道:"这关日前被南朝所破,今日俺家镇守,须要小心。"即有小番来报:"启知平章爷,南朝差二路元帅薛丁山,领兵三十万,勇将千员,已至关前了,请爷定夺。"王不超一听此言,大怒道:"可恶南蛮,这等无理。"即吩咐备马抬枪,拿披挂过来,结束停当,挂剑悬鞭,上马提枪,来到关前,开了关门,放下吊桥,带领三千人马,冲出关来。来到唐营,高声大骂。探子报入唐营中,启上元帅。今有番将领兵讨战。薛丁山闻报大怒道:"大胆胡虏,敢如此无理,左右取披挂过来,待我亲去拿他。"程千忠上前启道:"待小将去取罢。"元帅抬头一看,知道是

后队程千忠,即道:"甚好,愿你马到成功。"程千忠领命,欣然提了大斧,带领三军,一声炮响,开了营门,冲出营来,来到阵前。王不超一看道:"来将快快通下名来,待本将军挑你下马。"程千忠一听此言,气的三尸暴跳,七窍生烟,大喝道:"番狗休出胡言,只怕你闻我之名,就要吓死。我乃唐鲁国公长孙,官拜二路元帅后队先锋程千忠便是。"不超道:"呀!你就是老蛮子程咬金的毛孙子,你来得正好,看枪吧。"即出马迎面一枪。程千忠把大斧噶啷啷一声驾住,打马交锋过去,忙转回坐骑,把大斧当头劈下。王不超将手中枪一架,程千忠在马上一震,斧子挑回过来了,叫声不好,把斧子又起上,不超又架在一边。战到六十个回合,程千忠不是这番将对手,把斧虚晃一晃,勒回马豁喇喇往营前走来。

进了营中道："元帅,番将甚是厉害,小将不能胜他,望元帅恕罪。"

薛丁山道："胜败兵家之常,谁人出去会他?"罗通道："末将愿往。"元帅道："须要小心。"即提枪挂剑,悬鞭上马。开了帅门,冲出阵前。王不超持手中枪架住说道："方才有个蛮子,不够老将军几个回合,杀得他大败,你今又来送死?通下名来。"罗通大笑道："你这狗奴才,要问我的名么? 我乃太宗天子驾前越国公罗千岁前部先锋罗通是也。"王不超听了说道："呀,原来你就是什么扫北的罗通,本将军向闻你名,原有些手段,但是今日要与俺老将王不超比武,恐怕不是俺的对手,劝你免来送死。"罗通大怒道："老蛮奴休要夸口,在我马前战了二十合之上,不斩你的狗头下来,不算好汉。"王不超嘻嘻笑道："口说无凭,看本领分高低。"

　　罗通听了此言,说道:"老蛮奴不必多言。"照枪尖劈面一枪,王不超把手中枪一架,二人交锋,各显本领,一来一往,一冲一撞,大战到三十个回合,不分胜负,杀得罗通汗流满背。王不超呼呼喘气,把手中枪架住说:"罗蛮子果然厉害。"罗通说:"老胡虏,你可是怕战么?"王不超说:"谁怕战,今日本将军不取你命,誓不进关。"罗通说:"本先锋不刺你下马,绝不回营。"吩咐三军齐发,金鼓就如雷鸣,又战起来,又杀到有五十回合,未分胜负。这王不超老当益壮,使一条丈八蛇矛,真正好枪,阴诈阳诈,虚诈实诈,点点杨花,分头刺来。这罗通一条枪也厉害,使了八八六十四枪抵住,又战了二十个回合,看看枪法要乱。元帅在营前见枪法不好,说:"罗将军枪法要乱了。"传令鸣金。只听得锣声一响。

罗通一回头，被王不超一枪直刺过来。罗通失了手，不及回避，把身子一闪，被那枪尖向左肩下一刺，登时刺进铁甲，直入皮肉五寸深，肉损骨伤，肚子刺破，浑身疼痛，肠出来了，血流不止。元帅在营前看见，吩咐大小三军，飞驰相救。只见罗通之马，已到营前，叫声"元帅不必惊慌"，吩咐众将助鼓。"罗通若不杀此老番贼，死了也不甘心！"说罢，抽出腰刀，将旗割下一幅，把流出的肚肠包好，盘在腰中，扎束停当，勒马又冲出阵前。开言大骂老番狗，我罗将军再来与你决一死战。那王不超睁目一看，吓得魂不附体，不想罗通来的凶恶，把手中的枪向前心一刺。王不超大叫一声："不好了！"仰面一跤跌下马来。罗通跳下，割了首级，上马加鞭，复来营中献上首级，一跤跌下马去。众将上前扶起，罗通大叫一声："痛杀我也。"一命归阴去了。元帅十分悲伤，即命备棺入殓，其子罗章愿为前部先锋，当先杀到界牌关。众小番见主将已死，闭门不及，这关立刻被唐将所得。

胡奎卖人头

话说唐朝时候,长安地方,有个罗增,字世瑞,乃是越国公罗成之后。夫人秦氏,所生二位公子,长名唤罗灿,年一十八岁,生得身长九尺,眉清目秀,齿白唇红,有万夫不当之勇,那长安百姓,见他生得一表非凡,替他取个绰号,叫作粉面金刚罗灿。次名唤做罗焜,生得虎背熊腰,龙眉凤目,面如傅粉,唇若涂朱,文武双全,英雄盖世,这些人也替他起个绰号,叫作玉面虎罗焜,他二人每日操演弓马,熟读兵书,时刻不离罗爷左右。

罗爷见两位公子,生得人才出众,心中也自欢喜,不在话下。只因罗爷在朝为官清正,不徇私情,却同一个当朝奸相沈谦不和,因此存心要害罗增,上了一本,保举罗增去守边头关,征剿北番。后来罗增被番邦围困,差官请发救兵,沈谦就借此谎奏一本,只说:"罗增兵败被擒,贪生怕死,投降番邦,罪在不赦,乞圣上立将罗增一门斩首,家私抄入府库,以儆叛逆。"唐皇准奏。沈谦即同武士到罗府抄斩,却幸

胡奎

　　秦氏夫人和二位公子先已得了消息，走避别处，没有被害。沈谦闻知罗灿、罗焜走了，当即行文各州县书影图形要捉二人，以绝祸根。

　　却说罗灿、罗焜逃出以后，与母亲秦夫人商议停当，罗灿往云南投马成龙，罗焜往淮安岳家柏文连家，请设法救父。

　　不表罗灿前往云南，单言罗焜到了淮安来投柏府。这时柏文连在陕西西安府都指挥任上，家中只有后妻侯氏。侯氏与其侄侯登早已听到罗府抄斩消息，等罗焜到来，设定圈套，假意殷勤，用酒灌醉罗焜，侯登通知锦亭衙守备毛真卿。毛守备便把罗焜捉住，送到淮安府里来，那淮安府臧太爷,听说在柏府中拿了罗焜,忙忙打鼓升堂,审问虚实,只见毛守备同侯登二人,先上堂来参见已毕,臧知府立刻问起缘由,侯登将如何擒捉罗焜之事,说了一遍。知府叫将罪犯带上堂来,只见左右将罗焜拉上堂跪下。知府问道:"你家罪犯法条,满门抄斩。你就该领罪伏法才是,为什么逃走在外？意欲何为？——从实招来,免受刑法。"罗焜见问,不觉大怒道:"可恨沈谦这贼,害了我全家性命,冤沉海底,俺原是逃出长安,要设法救父,为国除奸的。谁知又被无义的禽兽,用计擒来,有死而已,不必多言。"那知府见罗焜口供,甚是决然,又问道:"你哥哥罗灿,今在哪里？快快招来。"罗焜道:"他已往边头关去了,我如何知道?"知府道:"不用刑法,如何肯招?"喝令左右,与我下去打。两旁一声答应,将罗焜拖下,打了四十大板,可怜打得皮开肉破,鲜血淋漓,罗焜咬定牙关,只是不语,知府见审不出口供,只得将罗焜收监,申详上司,再作道理。

不表淮安府申详上司,单言那一日毛守备到柏府去拿罗焜,把一城的人,都轰动了,人人都来看审,人人都要看英雄,一传十,十传百,挤一个不了,也是英雄该应有救,却惊动了罗氏兄弟的朋友祁子富。祁子富立刻欲去通知罗氏兄弟的结义兄弟胡奎。因为这时胡奎在山东登州的鸡爪山,祁子富正在收拾行李要动身,恰巧来了一个朋友龙标,是当地的猎户。祁子富便把罗焜被捉,现今在监,死生未定,细细说了一遍。又道："我如今要往鸡爪山去找胡老爷来商议，只是衙门中要个人去打听打听才好。"龙标道："这个容易，衙门口我有个朋友，央他自然照应，只是你上鸡爪山速去速来才好。"祁子富道："这个自然，不消吩咐。"当下二人商议已定，祁子富带了行李，连夜上鸡爪山去了。

不表祁子富上鸡爪山去，单言龙标他便不回家去，就在胡府收拾收拾，带了几两银子，放开大步，走到府前。他是个猎户营生，官里有他的名字，钱粮差务，那些当衙吏的，都是认得他的，一个个都来同他拱手道："久违久违，今日来找哪个？"龙标道："我找王二哥说话的。"众人道："他在街坊上呢。"龙标道："难为你！"别了众人，来到街上，正遇王二，一把扯住，走到茶坊里对面坐下。龙标道："听得府里拿住了

罗焜,送在监里,老兄该有生色了。"王二将眉头一皱,说道:"大哥不要提起,这罗焜身边一文也没有,况且他是公子性儿,一时要茶要水,就乱喊乱骂,又无亲友。这是件苦差。"龙标道:"王二哥,我有件心事同你商议,听闻得罗焜在长安,是条好汉,我与他有一面之交,今日闻他如此犯事,我特来同他谈谈,一者完昔日朋友之情,二者也省了你家茶饭,三者小弟少不得候你,不知二哥意下如何?"那王二沉吟暗想:我想龙标他是本府的猎户,想是为朋友之情,别无他意,且落得要他的银子再讲。主意已定,向龙标道:"即是贤弟面上,有何不可。"龙标见王二允了,心中大喜,忙向腰中拿出一锭银子,说道:"这锭权为二哥费用。"王二故意推辞了一会,方才收下。龙标又拿出一锭银子道:"这锭银子,烦二哥拿去,买两样菜儿,就烦二嫂子收拾收拾。"那王二拿了银子,十分欢喜,就邀龙标到家坐下,他忙忙拿了银子,提了篮子,上街去买菜打酒整治。龙标在他家等了一刻,只见王二带了小伙计,拿了些鸡鱼肉酒茶等件,送在厨下,忙叫妇人办起来。不一时,俱已备办成了,等到黄昏之后,王二叫人挑了酒菜,同龙标二人,悄悄地走到监门口,王二叫伙计开了门,引龙标入内。那龙标走到里面一看,只见黑洞洞的,冷气扑人,臭气冲鼻,那些受了刑的罪犯,你呼我喊,哀声不止。那禁子王二,领了龙标到罗焜的号内,提起灯笼,开了锁,只见罗焜蓬头赤足,睡在地下,哼声不止。王二近前叫道："罗相公，不要哼，有人来看你了。"连叫数声，罗焜只是二目扬扬，并不开口。原来罗焜挨了打，着了气，又感了风寒，进了牢，又被狱气一冲，不觉染了瘟疫病症，不知人事。王二叫龙标来见，那龙标又没有与罗焜会过，平日是慕他的本领，不过承祁子富的命而来，见他得了病症，忙忙前来看视。那罗焜浑身似火，手足如冰，十分沉重。龙标却是无法可施，只得将身上衣服脱下一件，叫王二替他盖好了身子，将酒菜捧出牢来，同到王二家中，二人对饮。龙标问道："医生可请进去么？"王二道："这牢里医生哪里肯进去呢？连官府拿帖子差遣，他也不肯进这号里去的。"龙标听了，暗暗着急。只得托王二早晚照应照应，又称了几两银子，把他买床铺盖，余下的银子，买些生姜丸散等件，与他调治。龙标料理已定，别了王二，连夜回家了。

却说祁子富自从别了龙标，奔山东登州府鸡爪山而来。在路行程，非一二日，那日黄昏时分，已到山下，遇见了巡山的喽啰前来擒捉。祁子富道："不要动手，烦你通报一声，说淮安祁子富有机密事，要见胡大王。"喽啰听了，就领祁子富，进了大门，即来通报，胡奎听了说道："此人前来，必有缘故。"头领裴天雄道："叫他进来，便知分晓。"当下祁子富随喽啰上聚义厅，见了诸位大王，一一行礼。胡奎问道："你今前来，莫非家有什么缘故？"祁子富见问，就将罗焜到淮安投柏府认亲，被侯登用计，同毛守备解送府里，现今在监，事在危急告之："我特连夜来山,拜求诸位大王救他才好。"胡奎听了此言,急得暴跳如雷,忙与众人商议。赛诸葛谢元道:"谅此小事,不须着急,裴大哥与鲁大哥镇守此山寨。我等只是如此如此就是了。"裴天雄大喜,点起五十名喽啰,与胡奎、祁子富为前队引路。过天星孙彪,领五十名喽啰,为第二队。赛诸葛谢元,领五十名喽啰,为第三队。两头蛇王坤,领五十名喽啰,为第四队。双尾蝎李仲,领五十名喽啰,为第五队。又点五十名能干的喽啰下山,四面巡风报信。当下五条好汉,三百喽啰,装束已毕,人马下山,奔淮安府而来。

不一日,已到淮安府,三百喽啰,分在四路住下。五条好汉,同祁子富回家探信,正遇龙标,从府里而来,同众人相见了,说:"罗煜病重如山,诸位前来,必有妙策。只是一件,目下锦亭衔毛守备,同侯登相好,防察甚是严密,你们众人在此,倘若露出风声,反为不便。"胡奎道:"让我今日晚上,先除一害,再作道理。"当下六条好汉,商议已定,邀入家中,龙标去治酒席,款待众人。吃到三更以后,胡奎起身,脱去了长衣,带了一口短刀,向众人说道:"俺今前去结果了毛守备性命,再来饮酒。"说罢,站起身来,将手一拱,跳出大门,奔锦亭衔而来,到了衔门东首墙边,将身一纵,纵上了屋。顺着星光,找到院内,轻轻跳下。伏在黑暗之中,只见一个丫鬟,拿着灯走将出来,口里唧唧哝哝说道:"此刻才睡。"说

胡奎卖人头

着,走进厢房去了。胡奎说道:"想必就是他的卧房。"停了
一会,悄悄来到房外一看,只见残灯未灭,他夫妻已经睡了。
胡奎轻轻拨开房门,走至里面,他二人该当命到无常,醉了
酒,俱已睡了。胡奎掀开帐子,只一刀杀了毛守备,一颗血
淋淋的人头,滚了下来。夫人惊醒,看见一条黑汉,手执利
刃,才要喊叫,早被胡奎顺手一刀,砍下头来。将两个血淋
淋的,结了头发,扣在一处,扯了一幅帐子,包将起来,背在
肩上,插了短刀,走出房来,来至天井,将身一纵,纵上房屋,
又将身落下,上路而回。一路下趁着星光,到了龙标门首,
已是五更天气,五人正在着急心焦,商议前来接应。忽见胡

奎跑进门来，将肩上的物件，往下一放。众人吃惊，上来一看，却是两个人头，包在一处。众人问道："你是怎生杀的？这等爽快！"胡奎将越房杀人的情形，说了一遍。大家称羡，仍包好了人头，重又饮了一会，方才安息。

　　到了次日，那城外的人，都闹翻了，俱说毛守备头不见了，兵丁进城，报了知府。知府大惊，随即上马，来到衙门里，相验尸身，收入棺内，用封条封了棺木，问了衙内人的口供，当时做了文书，通详上司，一面点了官兵，悬了赏格，四路捉拿偷头的大盗。淮安城内，人人说道："才拿住了的罗焜，又弄出偷头的事来，必有蹊跷。"连知府也急得无法可治。不表城内生疑，单言众人起来，胡奎道："罗贤弟病在牢内，就是劫狱，也无内应，且待我进牢去，做个帮手，也好行事，"龙标道："你怎得进去？"胡奎道："只需如此如此，就进去了。"龙标道："不是玩的，小心要紧。"胡奎说："不妨，你只是常常往来两边，传言就是了。"商议已定，胡奎收拾停当别了众人带一个人头进城，来到府门口，只见那些人三五成群，都说偷头的事。胡奎走到闹市里，把一个血淋淋的人头，朝街上一掼，大叫道："卖头，卖头。"吓得众人一齐喊道："不好了！偷头人来卖头了！"一声喊叫，早有七八个捕快兵丁，拥来一看，正是毛守备的首级，就一把扭住胡奎，来禀知府。知府大惊道："好奇怪！哪有杀人的人，还把头拿了来卖的道理？"忙忙传鼓，升堂审问。只见众役拿了一个头，带了胡奎跪下。知府验过了头,喝道:"你是哪里人?好大胆的强徒,杀了朝廷的命官,还敢前来卖头,想你的人多,那一个头,而今现在哪里?从实招来,免受刑法。"胡奎笑道:"一两个人头,有什么要紧?想你们这些贪官污吏,平日也不知害了多少人的性命,倒来怪俺了。"知府大怒,喝令拉下去夹起来。两边答应一声,将胡奎拉下去,夹将起来,三绳收足。胡奎只当不知,连名姓也不说。知府急了,只问那头在哪里?胡奎道:"那个头是俺吃了,你待我老爷好些,俺变个来还你,你若行刑,今夜连你的头,都叫人来偷了去,看你怎么样?"知府吃了一惊,吩咐收监,通详上司。胡奎上了刑具,来到监中,将那些鬼话,恐吓众人道:"你等如若放肆,俺叫人将你们的头,一齐都偷了去。"把个禁子,吓得连声诺诺,

众人俯就他，下在死囚号内，代他铺下草床，睡在地下，上了锁就去了。

当时事有凑巧，胡奎的草床，就靠近罗焜边旁，二人却是同号房。罗焜在那里哼声不止，胡奎听见口音，抬头起来一看，正是罗焜，睡在地下。胡奎心中暗喜，等人去了，扒到罗焜身边，低叫声罗焜，罗焜那里答应，只是乱哼，并不知人事。胡奎道："这般光景，怎么样好？"

话分两头，单言龙标当下进城，找了王二，买了酒肉，同他进监来看罗焜，他二人是走过几次的，狱卒并不盘问。二人当下进内，到罗焜床前，放下酒肉，与罗焜吃。这时罗焜依然不醒，掉回头来，却看见是胡奎，胡奎也看见龙标，两下里只是不敢说话，龙标忽生一计。向王二说道："我今日买了一副丸药来与他吃，烦王二哥去弄碗葱姜汤水来才好，王二只得弄开水去了。龙标支开了王二，胡奎道："罗焜的病重，你要设法，请个医生去，同他看看才好。"龙标道："名医却有，只是不肯进牢来。"胡奎道："你今晚回去，与谢元商议便了。"二人关会一定，王二拿了开水来了，龙标扶起罗焜，吃了丸药，别了王二，来到家中。见了众位好汉，就将胡奎的言语，向谢元道了一遍。谢元笑道："你这里有好的医生么？"龙标道："有个小神仙张勇，只是请他不去。"谢元笑道："这事容易，只要孙贤弟前去，就说如此如此便了。"众人大喜，当日黄昏时候，那过天星孙彪，将毛守备夫人的头，背在肩上,身上带了短兵器,等到夜间,开大步来寻张勇的住宅。不多一时,只见一座门楼,大门开着,门上有一匾,匾上有四个大字,写的是"医可通神",尾上有一行小字,"为神医张勇立",孙彪看了大喜道:"好了!"遂到门前叩门,却好张勇还未曾睡,出来开门,问他来因。孙彪道:"久仰先生的声名,只因我有个朋友,得了病症,在监内,意欲请先生进去看一看,自当重谢。"张勇听了此言,微笑道:"我连官府乡绅,请我看病,还要三请四邀。你叫我到牢中去看病,太把我看轻了。"就将脸一变,又向孙彪说道:"小生自幼行医,从未到监牢之中,实难从命,你另请高明的就是。"孙彪道:"既是先生不去,倒也不惊动了,只是要求一服妙药发汗。"张勇道:"这个有的。"即走进内房去拿丸药。孙彪吹熄灯,轻轻将那个人头,往桌子底下,药篓中一藏,叫道:"灯熄了。"张勇忙叫小厮掌灯,送丸药出去。孙彪接了丸药说道:"承爱了。"别了张勇自去。这张勇却也不介意,叫小厮关好了门户,吹灭了火,就去安睡。且言孙彪离了张勇的门首,回到龙家,见了众人,将请张勇之言,说了一遍,大家笑了一刻,谢元忙取笔来,写了一封锦囊,与龙标说道:"你明日早些起来,将锦囊带去,与胡奎知道,若是官府审问,叫他依此计而行。你然后再约捕快,叫他们到张勇家去搜头。我们明天,到别处去住些时,莫要露出风声,我叫孙彪夜里来探听消息,各人干事要紧。"当下众人议定,次日五更,各投别处安身去了。

单言龙标又进城来，同王二到茶房坐下，说："王二哥，有一宗大财，送来与你，你切莫要说出我来。"王二笑道："若是有财发，怎肯说出你来，你且说是什么财？"龙标道："听说那个卖头的黑汉，常和小神仙张勇往来，他都是结交江湖上的匪人，外路使枪棒，卖膏药的，都是他家歇脚，有九分是一路的，目下官府追问那个人头，正无着落，何不进去通知，派兵搜查一回，你多少也得他几十两银子使用。"王二道："你可拿得稳？"龙标道："这个自然，只是一件，我还要送药与罗焜，你可带我进去。"王二道："这个容易。"遂送出了茶坊，叫小牢子领龙标进监，他即来到捕快班房，商议去了。

不表王二同众人商议进去探访，且言那小神仙张勇，一宿过了，次日早起，只见药篓旁边，地下多有血迹，一看吃了大惊，只见一个人头，睁眼蓬头，滚在药篓旁边，好不害怕！大叫道："不好了！"顿时吓倒在地。小使急来扶起问道："大爷为何如此？"张勇道："你你你看看那那桌子底下，一一个人头。"小使上前一看，果是一个女人头颅，合家慌了手脚，都乱叫道："反了反了，出妖怪了，好端端的人家，怎么滚出一个人头来了，是哪里来的？"张勇道："不要声张，还、还、还是想个法、法儿才好。"内中有个老人家道："你们不要吵，如今毛守备夫妻，两个头，都不见了，本府太爷，十分着急，点了官兵捕快，四下里巡拿。昨日听见说，有个黑汉，提着毛守备的头，在府前区卖，被人捉住，审了一堂，收了监，恰恰的只少了守备夫人的头，未曾完案，现在追寻，想来此头是有蹊跷，这头一定是他的了，快快瞒了邻舍，拿去埋了。"正要动手，只听着一声喊叫，进来二三十个官兵捕快，撞个满堂，不由分说，将张勇锁了，带了那个人头，拿到淮安府里去了。可怜他妻子老少，一个个吓得魂飞魄散，号啕痛哭，忙叫老家人，带了银子，到府里料理。

　　王二同众捕快将张勇带到衙门口，早有毛守备的家人，上前认了。那些街坊上人，听见这个消息，都来看人头，骂道："张勇原来是个强盗。"不表众人之言，单言那知府升堂，吩咐带上张勇骂道："你既习医，当知王法，为何结连强盗，杀死官长，从实招出免受刑法。"张勇见问，回道："大老爷在上，小的一向行医，自安本分，怎敢结连强盗，况我与守备无仇，求大老爷明察。"知府冷笑道："你既不曾结连强盗，为何人头在你家里？"张勇回言道："小的清早起来，收拾药篓，就看见这个人头，不知从何处而来？正在惊慌，就被太爷的公差拿来，小的是真正冤枉，求太爷明镜高悬。"知府怒道："我把你这刁奴，不用刑，怎肯招认。"吩咐左右，与我夹起来。两边答应一声，就将张勇按在地下，扯去鞋袜，夹将起来，可怜张勇如何受得起，大叫一声，昏死在地。左右忙取冷水一喷，悠悠苏醒。知府问道："你招不招？"张勇回道："又无凶具，又无见证，又无羽党，分明是冤枉，叫我从何处招起？"知府道："人赃两获，还要抵赖，也罢，我还你个对证就是了。"

忙拿一根朱签,叫禁子提那卖头的原犯。王二拿了签子,进监来提。胡奎道:"又来请爷作甚的?"王二道:"大王,我们太爷,今捉到你的伙计了,现在堂上,审问口供,叫你前去对证。"龙标是早间进监,看罗煜,将锦囊给予胡奎看过。他听得此言,心中明白,就同王二来到阶前跪下。知府便叫张勇,你前去认认他。张勇扒到胡奎身边,那胡奎假意着惊,问道:"你怎么被他们捉来的?"张勇大惊道:"你是何人?我不认得你。"胡奎故意丢个眼色,"你只说认不得我。"低低一说。那知府见了这般光景,不觉大怒,骂道:"你这该死的奴才,还不招认。"张勇哭道:"青天太爷在上,小的是实在冤枉,他陷害我的,我实在不认得他。"知府怒道:"你们两个奴才,眉去眼去,分明你是一党,还要抵赖。""将他们一人一只脚夹起来,问他招也不招?"可怜张勇是读书人,哪比得过胡奎,只夹得死去活来,当真受不起。胡奎道:"张兄弟,非关我事,是你自己犯出来的,不如招了罢。"张勇夹得昏了,只得喊道:"大老爷松刑,小人愿招了。"知府吩咐松了刑,张勇无奈,只得乱招道:"小人结连强盗,杀死官府,件件是实。"官府见他招了供,随即行文,通详上司。一面赏了捕快的花红,一面吩咐将人犯收监。那张府的家人,听了这个消息,跑回家中,合家痛哭恨骂,商议商议,拿了几百两银子,到上司衙门中去料理。

且说张勇问成死罪,来到狱中,同胡奎一齐锁了,好不冤枉！骂胡奎道："瘟强盗，我与你往日无仇，近日无冤，你害我怎的？"胡奎只不作声，由他叫骂，等到三更时分，人都睡了。胡奎低低叫道："张先生你还是要死，还是要活？"张勇怒道："好好的人，为何不要活？"胡奎道："你若是要活，也不难。只要依我一句话，到明日朝审之时，只要反了你的口供，就活了你的性命。"张勇道："依你什么话？你且说来。"胡奎指定罗焜说道："这是俺的兄弟，你医好了他的病，俺就救你出去。"张勇方才明白，是昨日请他不来的缘故，因此陷害。遂说道："你们想头，也太毒了些，只是医病不难，却叫何人去配药。"胡奎道："只要你开了方子，自有人去配药。"张勇道："这就容易了。"等到天明，张勇扒到罗焜床前，隔了栅栏子，伸手过去看了脉。胡奎问道："病势如何？可还有救？"张勇道："不妨，病虽重，待我医就是了。"二人正在说话，只见王二、龙标走来，胡奎只做不知，故意大叫道："这个病人，睡在此地，日夜哼喊，吵得我难受，若再过些时，不要把我害起病来，还要把这一牢子的人，都要害起病来。趁着这个张先生，顺便请了他，向他看看也好？这也是你们的干系。龙标接口道："也好央张先生开个方儿，待我去配药。"王二只得开了门，让张勇进去，看了一会，要笔砚，写了方儿，龙标拿了，配药去了。

当下龙标拿了药方，飞走上街，配了四剂，送到牢中。王二埋怨道："你就配这许多药来，哪个服侍他？"胡奎道：

"不要埋怨，等我服侍他便了。"王二道："又难为你。"送了些
水炭杯碗等件，放在牢内，暗想四面墙壁，都是石头，房子又
高又大，又锁着他们，也不怕他飞上天去，就将物件交与他
弄。胡奎大喜，急急生起炭火来，煎好了药，扶起罗焜，将药
灌下去，代他盖好了身上。也是罗焜不该死，从早时睡起，
直睡到三更时分，出了一身大汗，方才醒来，口中哼道："好
难过也！"胡奎大喜，急忙拿出开水，与罗焜吃了，低低叫道：
"罗兄弟，俺胡奎在此，你可认得我了。"罗焜听见，吃了一
惊，问道："你为何到此地？"胡奎道："特来救你的。"就将祁
子富如何报信，如何下山，如何卖头上监，如何请医的话，细
说了一遍，二人大哭。早把个小神仙张勇，吓得不敢作声，
只是发颤，胡奎道："张先生你不要害怕，俺连累你，吃场辛
苦，少不得救你出去，还要重重谢你，若是外人知道，你我都
没有生命。"张勇听得此言，只得用心用意的医治罗焜，在牢
内吃了四剂药，病就好了。又有龙标同张勇家内，天天送酒
送肉，养了半个月早已身子强壮，一复如初。龙标转去，告
诉谢元。谢元大喜，就点了五十名喽啰，先将胡奎、龙标的
两位老太太，送上山去，暗约众好汉商议劫牢。

当时众好汉聚齐人马，叫龙标进牢报信。龙标走到府
前，只见街坊上，众人都说今日斩盗犯，府门口那些千百把
总，兵丁捕快人等，跑个不了。龙标大惊！也不进牢，回头
就跑到家中，恰好四位好汉，正在家里听信。龙标进来，告

诉众人,众人说道:"幸早去一刻,险些误了大事,为今之计,还是怎生?"谢远道:"既是今日斩他三人,我们只需如此如此,就救了他们了。"众人大喜道:"好计。"五位英雄,各各准备,收拾去了不提。

看官你道罗焜、胡奎、张勇三人,没有大审,如何京详就到了?原来淮安府的文书到了京,沈谦看了,知道罗焜等,久在牢中,必生他变,就亲笔批道:"罗焜并杀官的首恶胡奎、张勇,俱已罪不容诛。本当解京枭首示众,奈罗焜等,罪恶非常,羽党甚众。若解长安,唯恐途中有变,发该府就地斩首,将凶犯首级解京示众。羽党俟捉到日定夺,火速!火速!"臧知府奉了令,遂即和城中守备,并军厅巡检商议道:"罗焜等不是善类,今日出斩,务要小心。"守备军厅,俱穿了盔甲，全身披挂，点了五百名马步兵丁，四名把总一个个弓上弦，刀出鞘，披盔甲，先在法场伺候。这臧知府，也是内衬软甲，外罩红袍，坐了大堂，唤齐百十名捕快狱卒，当堂吩咐道："今日杀人，不比往常，各各小心的呀。"知府吩咐毕，随即标牌禁子提人，王二带二十名狱卒，挤进牢中，向罗焜道："今日恭喜你了！"不由分说，上前将罗焜、胡奎，一齐绑了，来绑张勇。张勇早已魂飞魄散，昏死过去。当下王二绑了三人，来狱神堂烧了香纸头，左左簇拥，推出监门，点过名。知府赏了斩酒，就标了犯人，招了刽子手，卖过了花红，兵马前后围定，破锣破鼓，拥将出来，押到法场。可怜把个张勇家里，哭得无处申冤，只得备些祭礼，买口棺木，到法场上伺候收尸。

这时淮安百姓，多来看斩大盗，须臾拥了数千人。又有一起赶马的，有七八匹马，约数十人，也挨进来看。又有一伙脚夫，推了六七辆车子，也拥进来看。又有一班猎户，挂着弓，牵着马，挑了些野味，也拥进来看。官兵哪里赶得去，正在嘈嚷之际，只见北边的人马哨开，一声吆喝，臧知府押着众犯，来到法场里面，下马坐下公案。刽子手将罗焜、胡奎、张勇三人，推在法场跪下，只待午时三刻，就要开刀。当下罗焜、胡奎、张勇三人跪在地上，正要挣扎，猛然抬头，见龙标同各猎户，站在背后。胡奎欢喜，正丢眼色。忽然当案一骑马，飞跑下来，手执皂旗一展，喝道："午时三刻已到，快快斩首报来。"喝声未了,只听三声大炮,众军呐喊,刽子手正要举刀,猛听得一声锣响,赶马队中,拥出五个好汉,一齐出来。龙标手快,上前几刀,割了三人的绳索,早有小喽啰,抢了张勇,背起就跑。胡奎、罗焜二位英雄夺了刀在手往知府桌案前砍,慌得军厅守备,千百把总,一齐上前迎敌。知府吓得面如土色,上马往城里就奔。这边罗焜、胡奎、龙标、谢元、孙彪、王坤、李仲,七位好汉,一齐上马。奋勇争先,领了三百喽啰,四面杀来。那五百官兵,同军厅守备,哪里抵敌得住?且战且走,往城里飞跑。可怜那看的百姓,跑不及的,杀伤无数。七条好汉,就如生龙活虎一般,只杀得五百官兵,抱头鼠窜,奔进城中去了。众好汉赶了一回,也就收回,聚在一处,查点人马,并无损伤。谢远道:"官兵败去,必然来追,我们速速回去要紧。"胡奎道:"我们白白害了张勇,须要连他家眷救去才好。"罗焜道:"俺白白吃了侯登这场苦,须将他杀了。才出得这口气。再者我的随身宝剑还在那里,也须去取。"谢元道:"张勇的家眷,我已叫喽啰,备了小车伺候,若是侯登之仇,且看柏爷面上,留作后日报复,至于宝剑,我们再设法来取。"谢远收兵,到张勇家,救他家眷。众人也依言,一起都赶到张勇家里。张勇的老小,见救出张勇,没奈何,只是收拾些细软金珠,装上了车子,有小喽啰护送而行,然后一把火,将房子烧了,一齐坐马,往鸡爪山而去。

佳人杀大虫

话说,唐朝武则天僭位之时,有个林之洋,原籍河北德州人氏,寄居岭南,专做漂洋生意。林之洋有个妹夫,唤做唐敖,字以亭,乃是饱学之士。因为连捷中了探花,被一位言官上了一本,说:"唐敖与叛逆徐敬业、骆宾王结盟,非安分之辈,将来出仕,恐不免结党营私,贻害朝廷。……"武则天把他降为秀才。从此唐敖专事游玩,无意功名。

这年,林之洋带着家眷,出去做买卖,唐敖想到大洋看看海岛山水之胜,解解愁闷,就跟着林之洋一同漂洋。

一天,船到东口山,唐敖身佩宝剑,林之洋提着鸟枪火绳,和舵工多九公上岸游玩。曲曲弯弯,越过几个山岭四处一望,果然有无穷美景,看见着不曾见过的树木花草和鸟兽。

多九公道:"林兄刚说'果然',前面竟有'果然'来了。"唐敖、林之洋向前一看,只见山坡上有只异兽,形状像猿,浑身白毛,上有许多黑文,其体不过四尺,后面一条长尾,

骆红蕖

由身子盘至顶上,还长二尺有余,毛长而细,颊下许多黑髯,守着一个死兽在那里恸哭。

林之洋道:"看这模样,竟像一个络腮胡子不知为甚这样啼哭?"多九公道:"此兽就是'果然',又名'狨兽',其性最义,最爱其类。猎户取皮作褥,货卖获利。往往捉住一个打死,放在山坡,如有路过之狨,一经看见,即守住啼哭,任人提获,并不逃窜,此时在那里守着死狨恸哭,想来又是猎户设的圈套。少刻猎户看见毫不费力,就捉住了。"

正说话间,忽见山上起一阵大风,刮得树木"唰唰"乱响。三人见风来的古怪,慌忙躲入树林深处。风头过去,忽见一只斑毛大虫,从高峰撺至"果然"面前。"果然"一见,吓得发抖,还是守着死狨不肯远离。那大虫撺下,如山崩地裂一般,吼了一声,张开血盆大口,把死狨咬住。只见坡旁隐隐约约，倒像撺出一箭，直向大虫面上射去。大虫着箭，口中落下死獐，大吼一声，将身纵起，离地数丈，随即落下，四脚朝天，眼中插着一箭，竟自不动。

多九公喝彩道："真好神箭！果然见血封喉！"唐敖道："此话怎讲？"多九公道："此箭乃猎户放的药箭，系用毒药所制。凡猛兽着了此箭，任它凶猛，立时血脉凝结，气嗓紧闭，所以叫它见血封喉。但虎皮甚厚，箭射难入。这人把箭从虎目射入，因此药性行得更快，若非本领高强，何能有此神箭？不意此地竟有如此能人，少刻出来，倒要会他一会。"

忽见山旁又走出一只小虎，又至山坡，把虎皮揭去，却是一个美貌少女，身穿白布箭衣，头上束着白布渔婆巾，臂上跨着一张雕弓，走至大虫跟前，腰中取出利刃，把人虫胸

膛剖开,取出血淋淋斗大一颗心,提在手中,取了利刃,卷了虎皮,走下山来。

林之洋道:"原来是个女猎户。这样小小年纪,竟有这般胆量,俺且吓他一吓。"说罢,迎着女子放了一声空枪。那女子叫道:"我非歹人。诸位暂停贵手,婢子有话告禀。"顿时下来万福道:"请教三位长者上姓?从何至此?"唐敖道:"他二人一位姓多,一位姓林,老夫姓唐,都从中原来。"女子道:"岭南有位姓唐的,号叫以亭,可是长者一家?"唐敖道:"以亭就是贱字。不知何以得知?"

女子听了,慌忙下拜道:"原来是唐伯伯在此,侄女不知,望求恕罪。"唐敖还礼道:"请问小姐尊姓?为何如此称呼。府上还有何人,适才取了虎心,有何用处?"女子道:"侄女中原人氏,姓骆,名红蕖。父亲曾任长安主簿,后降临海丞,因同徐敬业伯伯获罪,不知去向。官差缉捕家属,母亲无处存身,同祖父带了侄女,逃至海外,在此古庙中敷衍度日。此山向无人烟,尚可藏身。不意去年大虫赶逐野兽,将住房压倒,母亲肢体折伤,疼痛而死,侄女立誓杀尽此山之虎,替母报仇。适用药箭射死大虫,取了虎心,正要回去祭母,不想得遇伯伯。侄女常闻祖父说伯伯与父亲向来交好,所以才敢如此相称。”

　　唐敖叹道:“原来你是宾王兄弟之女。不知老伯现在何处? 身体可安? 望侄女带去一见。”骆红蕖道:“祖父现在前面庙内。伯伯既要前去,侄女在前引路。”

　　说罢,四人走不多时,来至庙前,上写“莲花庵”三字,四

面墙壁俱已朽坏，并无僧道，唯剩神殿一座，厢房两间，光景虽然颓败，喜得怪石纵横，碧树丛杂，把这古庙围在居中，倒也清雅。进了庙门，骆红蕖提着虎心，先去通知。三人随后进了大殿，只见有个须发皆白的老翁迎出。唐敖认得是骆龙，连忙进前行礼。多、林二人也见了礼，一同让座献茶。

　　骆龙问了多、林二人名姓，略谈两句，因向唐敖叹道："吾儿宾王，因助讨僭逆，以致合家离散。老夫自从得了凶信，即带家口奔逃，偏偏媳妇身怀六甲，好容易逃至海外，生下红蕖孙女，就在此处敷衍度日。屈指算来，已经一十四年。不意去岁大虫压倒房屋，媳妇受伤而亡。孙女痛恨，因此弃了书本,终日搬弓弄箭,操练武艺,要替母亲报仇,自制白布箭衣一件,誓要杀尽此山猛虎,方肯除去孝衣。果然'有志竟成',上月被她打死一个,今日又去打虎,谁知恰好遇见贤侄。邂逅相逢,真是'万里他乡遇故知',可谓三生有幸!……但是老夫年已老迈,时常多病。现在此处,除孙女外,还有乳母老苍头二人。老夫为痴儿宾王所累,万不能复回故土,自投罗网。只是红蕖孙女,正在少年,困守在此,终非长策。老夫意欲拜恳贤侄,将红蕖作为己女,带回故乡,等她年长,代为择配,完其终身。老夫了此心愿,虽死异地,亦必衔感。"说着,落下泪来。

唐敖道:"老伯说哪里话来!小侄与宾王兄弟,情同骨肉,侄女红蕖,就是自己女儿一般。今蒙慈命带回家乡,自应好好代她择配,何须相托?老伯只管放心。"

骆龙道:"蒙贤侄慷慨不弃,真令人感激之至!但你们

做买卖不能耽搁,有误程途,老夫寓此古庙,也不能屈留。"因向红蕖道:"孙女就此拜认义父,带着乳母,跟随前去,以了我的心愿。"

骆红蕖听了,不由大放悲声,一面哭着,走到唐敖面前,四双八拜,认了义父,又与多、林二人行礼,因向唐敖泣道:"侄女蒙义父厚情,自应随归故土,奈女儿有两桩心事:一则祖父年高,无人侍奉,何忍远离? 二则此山尚有两虎,大仇未报,岂能舍之而去? 义父只将岭南住址留下,暂缓再同祖父前来投奔,庶免两下牵挂。此时若教抛撒祖父,一人独去,即使女儿心如铁石,亦不能忍心害理至此。"

骆龙听了,又再三解劝,无奈红蕖意在言外,总要侍奉祖父百年后方肯远离,任凭苦劝,执意不从。多九公道:"小姐既如此立志,看来一时也难挽回。据老夫愚见,与其此时同到海外,莫若日后回来,唐兄再将小姐带回家乡,岂不两便?"唐敖道:"寄女既有此孝心,老伯倒不可强她所难,况她立志甚坚,劝也无益。"说罢,取过纸笔,开了地名交与骆红蕖。于是大家互相嘱咐一番,洒泪而别。骆红蕖送至庙外,自去祭母,侍奉祖父。

唐敖三人因天色已晚,回归旧路。多九公道:"如此幼女,既能不避艰险,替母报仇,又肯尽孝,侍奉祖父余年,唯知大义,其余全置之度外,可见世间孝义之事,原不在年纪的大小。此女如此立志,大约本山大虫,从此要除根了。"

君子国

话说，唐朝时候，林之洋与唐敖漂洋出去，不多几日到了君子国，将船泊岸。林之洋上去卖货。唐敖因素闻君子国好让不争，想来必是礼乐之邦，所以约了多九公上岸，去瞻仰。走了数里，离城不远，只见城门上写着"君子为宝"四个大字。唐多二人把匾看了，随即进城，只见人烟密集，买卖热闹，衣冠语言，都与中国一样。唐敖见言语可通，因向一位老翁问其何以好让不争之故，谁知老翁听了，一毫不懂，又问国以"君子"为名，是何缘故，老翁也回不知，一连问了几个，都是如此。

多九公道："据老夫看来，他这国名以及'好让不争'四字，大约都是邻国替他取的，所以他们都回不知。方才我们一路看来，那些耕田的人让畔，行路的人让路，已是不争之意，而且士、庶人等，无论富贵贫贱，举止言语，莫不恭而有礼，也不愧'君子'二字。"唐敖道："话虽如此，仍须慢慢观玩，方能得其详细。"说话间，来到闹市，只见有一个衙役在那里买物，手中拿着货物道："老兄如此高货，却讨怎般贱价，教小弟买去，如何能安？务求将价增加，方好遵命。若再过谦，那是有意不肯交易了。"

唐敖听了，因暗暗说道："九公，凡买物只有卖者讨价，买者还价，今卖者虽讨过价，那买者并不还价，

却要添价,这等说话,倒也罕闻。据此看来,那'好让不争'四字,竟有几分意思了。"只听卖货人答道:"既承照顾,不胜感谢。但方才所讨的价,已觉厚颜,不意老兄反说货高价贱,岂不更叫小弟惭愧。况敝货并非言无二价,其中颇有虚头。俗云'漫天要价,就地还钱'。今老兄不但不减,反要增加,如此客气,只好请到别家交易了。"

唐敖道:"'漫天要价,就地还钱'原是买货的人向来俗谈。至于'并非言无二价,其中颇有虚头'亦是买者的话。不意今皆出于卖者之口,倒也有趣。"只听衙役又说道:"老兄以高货讨贱价,反说小弟客气,岂不失了忠恕之道?凡事总要彼此无欺,方为公允。"

谈之许久,卖货人执意不加。衙役赌气照数付价,拿了一半货物。刚要举步,卖货人哪里肯依,只说价多货少,拦住不放。路旁走过两个老翁,作好作歹,从公平定,教衙役照价拿了八折货物,这才交易而去。

唐、多二人不觉暗暗点头。走未数步,市中有个小兵,也在那里买物。小兵道:"刚才请教货价若干,老兄执意吝教。教我酌量付给,及至遵命付价,老兄又怪过多。其实小弟所付,业已克减,若说过多,竟是违心之论。"卖货人道:"小弟不敢言价,听兄自付者,因敝货既欠新鲜,而且平常,不如别家之美。若论价值,只照老兄所付减半,已属过分。

何敢妄取高价么？"

唐敖道："'货色平常'原是买者的话，'付价克俭'本系卖者的话。哪知此处却句句相反，另是一种风气。"只听小兵又道："老兄说哪里话来？小弟于买卖虽系外行，至货之好丑，岂有不知？以丑为好，亦愚不至此。但以高货只取半价，不但欺人过甚，亦失公平交易之道了。"卖货人道："老兄如真心照顾，只照前价，减半最为公平，若说价少，小弟也不敢辨，唯有请向别处再把价钱谈谈，才知我家并非相欺哩。"

小兵说了再三，见他执意不卖，只得照前减半付价，将货略略选择，拿了就走。卖货人忙拦住道："老兄为何只将下等货物捡去，难道留下好的给小弟自用么？我看老兄如此讨巧，就是走遍天下，也难交易成功的。"

小兵发急道："小弟因老兄定要减价，只得委曲从命，略将次等货物拿去，于心方可稍安，不意老兄又要责备，且小弟所买之物，必须次等，方能合用，至于上等，虽承美意，其实倒不适用。"

卖货人道:"老兄既要低货,方能合用,这也不妨,但低货自有低价,何能付高价而买劣货呢?"小兵听了,也不答言,拿了货物,只管要走。那过路人看见都说小兵欺人不公。小兵难违众论,只得将上等货物下等货物各携一半而去。

二人看罢,又朝前进,只见那边又有一个农人买物。原来物已买妥,将银付过,携了货物要去。那卖货的接过银子仔细一看,用戥子称了一称,连忙上前道:"老兄慢走,银子平水都错了。此地向来买卖都是大市中等银色,今老兄既

将上等银子付我，自应将色扣去。刚才小弟称了一称，不但银水未扣，而且戥头过高。此等平色小事，老兄有余之家，原不在此，但小弟受之无因，请照例扣去。"

农人道："些许银色小事，何必锱铢较量？既有多余，容小弟他日买货，再来扣除，也是一样。"说罢，又要走。

卖货人拦住道："这如何使得，去年有位老兄照顾小弟，也将余剩银子存在我处，曾言后来买物再算，谁知至今不见。各处寻他，无从归还。今老兄又要如此，倘一去不来，倒使小弟十分为难，据小弟愚见，与其日后买物再算，何不就在今日交付？"

彼此推让好久，农人只得将货拿了两样，作抵此银而去。卖货人扔口口声声只说银多货少，过于偏枯，奈农人已经去远，无可如何。

唐敖道："如此看来，这几个交易光景，岂非好让不争一幅行乐图么？我们还打听什么？且到前面再去畅游。如此美地，领略领略风景，广广识见，也是好的。"只见路旁走过两个老者，都是鹤发童颜，满面春风，举止大雅。唐敖看罢，知非下等之人，忙立在一旁。四人顿时拱手见礼，问了名姓。原来这两个老者都是姓吴，乃同胞兄弟，一名吴之和，一名吴之祥。

唐敖道："失敬，失敬！"吴之和道："请教二位贵乡何处？来此有何贵干？"多九公将乡贯来意说了。吴之祥躬身道：

“小子素闻中原乃礼仪之国。今日幸遇二位，实是难得。弟不知驾到，有失迎迓，尚求海涵。”唐、多二人连道：“岂敢。”吴之和道：“二位从中国到此，小子谊属地主，意欲略展杯茗之敬，少叙片时，不知可肯枉驾？如蒙赏光，寒舍就在前面，敢劳玉趾一行。”二人听了，甚觉欣然，于是跟着吴氏弟兄一路行来。

不多时，到了门前。只见两扇柴扉，周围篱墙，上面盘着许多青藤薜荔，门前一道池塘，塘内俱是菱莲，进了柴扉，让至一开敞厅，四人重又行礼让座，厅中悬着国王赐的小额，写着“渭川别墅”。再向厅外一看，四面都是翠竹，把这敞厅团团围住，甚觉清雅。小童献茶，唐敖问起吴氏弟兄事业，原来都是闲散进士。

多九公忖道：“他两个既非公卿大官，为何国王却替他题额？……”看来此人也就不凡。唐敖道：“小弟才同敝友瞻仰贵处风景,果然名不虚传,真不愧'君子'二字。"吴之和躬身道:"敝国僻处海隅,毫无知识,何敢遽当'君子'二字?至于贵国乃圣人之邦,自古圣圣相传,礼乐教化,久为八荒景仰,无须小子再为称颂。但贵国向有数事,愚弟兄草野固陋,似多未解。今日难得二位到此,意欲请示,不知可肯赐教?"唐敖道:"老丈所问,还是国家之事? 还是我们世俗之事?"吴之和道:"今日所问却是世俗之事。"唐敖道:"既如此,请道其详,有所知,无不尽言。"吴之和道:"小子听得贵国风俗,于殡葬一事,做子孙的,并不计及死者以埋葬为安,往往因选择风水,把父母之柩多年不去埋葬,甚至耽延两代三代之久,相习成风,以至庵观寺庙,停柩如山,旷野荒郊,浮厝无数,并且当日有力时,因选择风水耽搁,及至后来无力,虽要求其将就殡葬,亦不可得,久而久之,竟无入土之

期。此等情形，死者如有所知，安能瞑目？况善看风水之人，岂无父母？如有好地，何不留为自用？如果一得美地，既能发达，那通晓地理的发达，曾有几人？今以父母之骸骨，稽迟岁月，希望将来毫无影响之富贵，为人子者，于心何安？据小子愚见：殡葬一事，无力之家，自应急办，不可耽延，至于有力之家，亦只要拣高燥之处，即是美地。此海外愚谈，不知可合尊意？"

　　唐、多二人正要回答，只见吴之祥道："小子听得贵国风俗，有将子女送入佛门的，谓之'舍身'。盖因俗传做了佛家弟子，蒙神佛护佑，有疾病的人，从此自能脱体，寿短者亦可渐转长年。此是僧尼诱人上门之语，而愚夫愚妇无知，莫不奉为神明，相沿既久，故僧尼日见其盛。据小子愚见：凡乡愚误将子女送入佛门的，本地父老应向其父母剀切劝谕，方为妥善。鄙见是否，尚求指教。"

　　吴之和道："又闻贵国宴客，往往珍馐罗列，穷极奢华。桌椅既设，宾主就位之初，除果品冷菜十余种外，酒过一二巡，则上小盘小碗，其名南唤'小吃'，北呼'热炒'，少者或四或八。多者十余种至二十余种不等。其间或上点心一二道。小吃上完，方及正肴。菜既极丰，碗亦很大，或八九种至十余种不等。主人虽如此盛设，其实小吃未完而宾客已饱，此后所上的，不过虚设，如同供献罢了，鄙意宴会不必十分丰盛，居家饮食亦宜节俭。此话虽近迂拙，不合时宜，世之君子,岂无采取?"

吴之祥道:"吾闻贵国有三姑六婆,一经入门,妇女无知,往往为其所害,或哄骗银钱,或拐带衣物,及至妇女察知其恶,只恐声张,为家长得知,莫不忍气吞声。小子以为三姑六婆必须视同寇仇,诸事预为防范,不许入门,她便无所施其伎俩。"

吴之和道:"吾闻尊处向有妇女缠足之说,初缠之时,其女百般痛苦,抚足哀号,甚至皮腐肉败,鲜血淋漓,当此之际,夜不成寐,食不下咽,种种疾病,由此而生。小子以为此女或有不肖,其母不忍置之于死,故用此法治之,谁知是为美观而设,若不如此,即为不美。试问鼻大者削之使小,额高者削之使平,人必谓为残废之人,何以两足残缺,步履维艰,却又为美?即如西子、昭君,皆绝世佳人,彼时又何尝将其两足削去一半?愿世之君子,尽革其习,"……此风方可渐息。又闻贵处风俗于卜卦外,……"。有算命合婚之说,我想婚姻一事,关系男女终身,理宜慎重,岂可草草?既要联姻,如果品行纯正,年貌相当,即属绝好良缘,何必再去推算?尤可笑的,俗传女命北以属羊为劣,南以属虎为凶。其说不知何意,至今相沿,殊不可解。凡人值未年而生,何至比之于羊?寅年而生,又何至竟变为虎?且鼠喜偷窃,蛇最阴毒,那属鼠属蛇的,岂皆偷窃阴毒之辈?牛为负重之献,自然莫苦于此,岂丑年所生,都是苦命?这都是愚民无知,造此谬论。往往读书人亦染此风，实是可笑。总之，婚姻一事，若不管年貌相当，唯以合婚为准，势必虽有极好良缘，亦必当面错过，弄得日后儿女抱恨终身追悔无及。为人父母的，倘能洞察合婚之谬，只以品行年貌为重，即日后别有意外，亦可对得住儿女，儿女似亦无怨了。"

吴之祥道："小子又听说贵国风俗最尚奢华，即如嫁娶葬殡、饮食衣服，以及居家用度，莫不失之过侈。这在富贵人家不知惜福，妄自浪费，已属造孽，何况无力下民，只图目前适意，不顾日后饥寒？倘明白君子于乡党中，不时开导，勿要过于奢华，各留余地，所谓'常将有日思无日，莫待无时想有时'。如此剀切劝谕，奢侈之风，自然可以渐渐改革，一归俭朴，即偶遇荒年，亦可无虞。……"

正说得高兴，有一老仆，慌慌张张进来道："禀二位相爷，适才官吏来报，国王因有军国大事，与二位相爷相商，少刻就到。"

多九公听了，暗暗忖道："我们家乡每每有人会客，因客坐久不走，又不好催他动身，只好暗向仆人丢个眼色，仆人会意，顿时就来回话，不是某大爷即刻来拜，就是某大老立等说话，如此一说，客人自然动身。谁知此处也有这个风气，并且还以相爷吓人。即或就是相爷，又待如何？未免可笑。"因同唐敖打躬告别。

吴氏弟兄忙还礼道："蒙二位光降，不料国主要到敝宅，

不能屈留大驾,殊觉抱歉,倘二位尚有耽搁,愚弟兄等送过国王,再到宝舟拜望。"

唐、多二人匆匆告别,离了吴氏相府。只见外面洒道清尘,那些平民都远远回避。二人看了,只才明白果是实情,于是同归旧路。

多九公道:"老夫看那吴氏弟兄举止大雅,气宇轩昂,以为若非高人,必是隐士,及至见了国王那块匾额,老夫就觉疑惑这二人不过是个进士,怎能就得国王替他题额?哪知却是两位宰相。如此谦恭和气,可谓脱尽仕途恶习。若使器小易盈,妄自尊大,那些骄傲俗吏看见,真要愧死!"唐敖道:"听他那番言论,却也不愧'君子'二字。"

不多时,回到船上,林之洋已经回来。大家谈起货物之事,原来这地连年商贩甚多,各色货物,无不充足,一切价钱,均不得利。

正要开船,吴氏弟兄差家人拿着名帖,送了许多点心果品,并赏众水手倭瓜十担,燕窝十担。名帖写着"教弟吴之和、吴之祥顿首拜"。唐敖同多九公商量把礼收了,因吴氏弟兄位尊,回帖上写的是"后学教弟多某、唐某顿首拜"。

来人刚去,吴之和随即来拜。到了船上,见礼让座。唐、多二人再三道谢。吴之和道:"舍弟因国王现在敝宅,不能过来奉候。小弟适将二位光降之话,奏明国王,特命前来奉拜。小弟理应恭候解缆,因要伺候国王,只得暂且失陪。倘宝舟尚缓开行,容日再来领教。"即匆匆去了。

水手把倭瓜、燕窝搬到后艄,林、唐诸人,即命开船,向前而去。

话说，唐敖与林之洋离开君子国，一日到了白民国交界，迎面有一座危峰，一派清光，甚觉可爱。唐敖忙道："如此峻岭，岂无名花？"于是请问多九公是何名山。多九公道："此岭总名麟凤山，自东至西，约长千余里，乃西海第一大岭。内中果木极盛，鸟兽极多。但岭东要求一禽，也不可得；岭西要求一兽，也不可得。"

唐敖道："这却为何？"多九公道："此山茂林深处，有一麟一凤，麟在东山，凤在西山，所以东面五百里有兽无禽，西面五百里有禽无兽，倒像各守疆界光景，因而东山名叫麒麟山，上面桂花甚多，又名丹桂岩；西山名叫凤凰山，上面梧桐甚多，又名碧梧岭。此事不知起于何时，相安已久。谁知东山旁有条小岭名叫狻猊岭，西山旁有条小岭名叫鹔鹴岭。狻猊岭上有一恶兽，其名就叫'狻猊'，常带许多怪兽来至东山骚扰；鹔鹴岭上有个恶鸟，其名就叫'鹔鹴'，常带许多怪鸟来至西山骚扰。"

唐敖道："东山有麒麟为兽长，西山有凤凰为禽长，难道狻猊也不畏麟，鹔鹴也不怕凤么？"多九公道："当日老夫也甚疑惑，后来因见古书，才知鹔鹴乃西方巨鸟，狻猊亦可算得毛群之长，无怪要来抗衡了。大约略为骚扰，麟凤也不同他计较，若干犯过甚，也就不免争斗。数年前老夫从此路过，曾见凤凰

漂洋船

与鹏鹕争斗，都是各发手下之鸟，或一只两只，彼此剥啄撕打，倒也爽目。后来又遇麒麟同狻猊争斗，也是各发手下之兽，那撕打跳跃形状，真是山摇地动，令人心惊。毕竟邪不胜正，闹来闹去，往往鹏鹕、狻猊大败而归。"

　　正在谈论，半空中倒像人喊马嘶，闹闹吵吵，连忙出舱仰观。只见无数大鸟，密密层层飞向空中去了。唐敖道："看这光景，莫非鹏鹕又来骚扰，我们何不前去望望？"多九公道："如此甚好。"于是通知林之洋，把船泊在山脚下。三人带了器械，弃舟登岸，上了山坡。唐敖道："今日之游，别的景致还在其次，第一，凤凰不可不看。他既做了一山之主，自然另是一种气概。"多九公道："唐兄要看凤凰，我们越过前面峰头，只拣梧桐多处游去。倘缘分凑巧，不过略走几步，就可遇见。"

大家穿过峻岭寻找桐林，不知不觉，走了数里。林之洋道："俺们今日见的都是小鸟，并无一只大鸟，不知何故？难道果真都去伺候凤凰么？"唐敖道："今日所见各鸟，毛色或紫或碧，五彩灿烂，兼之各种娇啼，无异笙簧，已足悦耳娱目。如此美景，也算难得了。"

忽听一阵鸟鸣之声，婉转响亮，甚觉爽耳。三人顺着声音望去，只道是鹤鹭之类，看了半晌并无踪影，只觉其音渐渐相近，较之鹤鸣尤其洪亮。多九公道："这又奇了。岂有如此大声，不见形象之理？"唐敖道："九公，你看那边有棵大树，树旁

围着许多飞蝇,上下盘旋,这个声音好像树中发出的。"

说话间,离树不远,其声更觉震耳。三人朝着树上望了一望,何尝有个禽鸟?林之洋忽然把头抱住,乱跳起来,口内只说:"震死俺了!"二人都吃一吓,问其缘故。

林之洋道:"俺正看大树,只觉有个苍蝇,飞在耳旁。俺用手将他按住,谁知他在耳旁大喊一声,就如雷鸣一般,把俺震得头晕眼花。俺趁势把他捉在手内。"话未说完,那蝇大喊大叫,喊得更觉震耳。林之洋把手乱摇道:"俺将你摇得发昏,看你可叫!"那蝇被摇,旋即住声。

唐、多二人随向那群飞蝇侧耳细听,那个大声,果然从其口中出来。多九公笑道:"若非此鸟飞入林兄耳内,我们何能想到如此大声,却出这群小鸟之口?老夫目力不佳,不能辨其颜色。林兄把那小鸟取出,看看可是红嘴绿毛。如果状如鹦鹉,老夫就知其名了。"

林之洋道:"这个小鸟从未见过,俺要带回船去给众人见识见识。倘如取出飞了,岂不可惜?"于是卷了一个纸桶,把纸桶对着手缝,轻轻将小鸟放了进去。

唐敖起初见这小鸟,以为无非苍蝇蜜蜂之类,今听多九公的话,轻轻过去一看,果就都是红嘴绿毛,状如鹦鹉,忙走回道:"它的形状,小弟才去细见,果真不错,请教何名?"多九公道:"此鸟名叫'细鸟',形如大蝇,状似鹦鹉,声闻数里。国人常用此鸟候日,又名'候日虫'。哪知如此小鸟,其声竟

孔雀开屏

像洪钟,倒也罕见!"

林之洋道:"妹夫要看凤凰,走来走去,遍山并无一只,如今细鸟飞散,静悄悄连声也不闻。这里只有树木,没甚好玩,俺们另向别处去罢。"多九公道:"此刻忽然鸦雀无声,却也可怪。"

只见有个牧童,身穿白衣,手拿器械,从路旁走来。唐敖上前拱手道:"请问小哥,此处是何地名?"牧童道:"此地叫作碧梧岭,岭旁就是丹桂岩,乃白民国所属。过了此岭,野兽最多,往往出来伤人。三位客人须要仔细。"说罢去了。

多九公道:"此处既名碧梧岭,大约梧桐必多,或者凤凰在这岭上,也未可知。我们且把对面山峰越过,看是如何。"

不多时,越过高峰,只见西边山头无数梧桐,桐林内立着一只凤凰,毛分五彩,赤若丹霞,身高六尺,尾长丈余,蛇头鸡喙,一身花纹,两旁密密麻麻,列着无数奇禽,或身高一丈,或身高八尺,青黄赤白黑,各种颜色,不能枚举。对面东边山头桂树林中也有一个大鸟,浑身碧绿,长颈鼠足,身高六尺,其形如雁,两旁围着许多怪鸟,也有三首六足的,也有四翼双尾的,奇形怪状,不一而足。

多九公道:"东边这只绿鸟就是鹔鹴,大约今日又来骚

扰,所以凤凰带着众鸟把去路拦住,看来又要争斗了。"忽听鹔鹴连喊两声,身旁飞出一鸟,其形如凰,尾长丈余,毛分五彩,撺至丹桂岩,抖擞羽毛,张翅展尾,上下飞舞,如同一片锦绣,恰好旁边有块云母石,就如一面大镜,照得那个影儿五彩相映,分外鲜明。林之洋道:"这鸟倒像凤凰,就只身材短小,莫非母凤凰么?"多九公道:"此鸟名'山鸡',最爱其毛,每每照顾影,眼花坠水而死。古人因他有凰之色,无凰之德,呼作'哑凰'。大约鹔鹴以为此鸟有这个彩色,可以压倒凤凰手下众鸟,因此命他出来当场卖弄。"

忽见西林飞出一只孔雀,走至碧梧岭,展开七尺长尾,张开两翅,朝着丹桂岩盼睐起舞,不独金翠夺目,兼且那个长尾排着许多圆纹,陡然或红或黄,变出无穷颜色,好像锦屏一般。山鸡起初也还勉强飞舞,后来因见孔雀这条长尾变出五颜六色,华彩夺目,金碧辉煌,未免自惭形秽,喊了两声,朝着云母石一头撞去,竟自身亡。

唐敖道:"这只山鸡因毛色比不上孔雀,所以羞愤轻生。以禽鸟之微,尚有如此血性,何以世人明知己不如人,反厚颜无愧,殊不可解。"林之洋道:"世人都像山鸡这般烈性,哪里死得许多!据俺看来,只好把脸一老,也就混过去了。"

孔雀得胜退还本林。东林又飞出一鸟,一身苍毛,尖嘴黄足,跳至山坡,口中叽叽喳喳,喊出各种声音。这鸟喊未数声,西林也飞出一只五彩鸟,尖嘴短尾,走至山冈,展翅摇

羽，口中喊得娇娇滴滴、悠扬婉转，甚觉可喜。

唐敖道："小弟闻得鸣鸟毛分五彩，有百乐歌舞之风，大约就是此类了。那苍鸟不知何名？"多九公道："此即反舌，一名百舌。"话犹未了，忽听东林无数鸟鸣，从中撺出一只怪鸟，其形如鹅，身高二丈，翼长丈余，九条长尾。十头环簇，只得九头，撺至山冈，张翼作势，霎时九头齐鸣。多九公道："原来九头鸟出来了。这鸟古人唤作'鸧鸹'，一身逆毛，甚是凶恶，不知凤凰手下哪个出来招架。"正张望间，西林飞出一只小鸟，白颈红嘴，一身青翠，走至山冈，望着九头鸟喊了几声，宛如狗吠。九头鸟一听此声，早已抱头鼠窜，腾空而去。这鸟也退入西林。

林之洋道："这鸟为甚不是禽鸣，倒做狗叫？俺看他油嘴滑舌，南腔北调，到底算个什么？可笑这九头鸟枉自又高又大,听得一声狗叫,他就跑了。原来小鸟这等厉害!"多九公道:"此禽名叫'天狗'。这九头鸟本有十头,不知何时被犬咬去一个,其项至今流血。血滴人家,最为不祥。如闻其声,须令狗叫,他即逃走。"

这时见鹈鹕林内撺出一只鸵鸟,身高八尺,状似骆驼,其色苍黑,翅广丈余,两只驼蹄,奔至山冈,吼叫连声。西林内也飞出一鸟,赤眼红嘴,一身白毛,尾长一丈二尺,身高四尺,尾上有像瓢的东西,其大如斗,走至山冈,与鸵鸟斗在一处。

林之洋道:"这尾上有瓢的,倒也异样。"唐敖道:"听得古人说:鸵鸟之卵,其大如瓮。原来其形竟有如许之大。这尾上有瓢的,他比鸵鸟,一个身高八尺,一个身高四尺,大小悬殊,何能争斗,岂非自讨苦么?"多九公道:"此鸟名唤'鹦勺',他既敢与鸵鸟相斗,自然也就非凡。"

鹦勺斗未数合,竖起长尾,一连几瓢,打得鸵鸟前蹿后

跳,声如牛吼。东林又跳出一只秃鹙,身高八尺,长颈身青,头秃无毛,撺至山冈。林之洋道:"忽然斗出和尚来了。"西林内又飞出一鸟,名唤'跂踵',浑身碧绿,一条猪尾,长有一丈六尺,身高四尺,一双长足,跳跃而出,撺至山冈,竖起猪尾,如皮鞭一般,对着秃鹙一连几尾,把个秃头打得鲜血淋漓,吼叫连声。林之洋道:"这个和尚今日老大吃亏了。"多九公道:"原来跂踵出来争斗,他这猪尾,随你勇鸟也敌他不过,看来鹦鹦又要大败了。"

那边百舌鸟早已飞回。东林秃鹙打不过,腾空而去。鸵鸟两翅受伤,逃回本林。只听鹦鹦大叫几声,带着无数怪鸟,奔至山冈。西林也有许多大鸟飞出。登时斗成一团。那鹦勺竖起大瓢,跂踵舞起猪尾,一起一落,打得落花流水。

正在难解难分,忽听东边山上犹如千军万马之声,尘土飞空,山摇地动,密密层层,不知一群什么,狂奔而来。登时众鸟飞腾,凤凰、鹦鹦也都逃窜。

三人听了,忙躲桐林深处,细细偷看。原来是群野兽,从东奔来。为首的其状如虎,一身青毛,钩爪锯牙,目光如电,声吼如雷,一条长尾,尾上茸毛,其大如斗,走至凤凰所栖林内,吼了两声,带着许多怪兽,浑身血迹,随后一群怪兽赶来,也是血迹淋漓,走至鹦鹦所栖林内,也都撺入,为首一兽,浑身青黄,其骨似麋,其尾似牛,其足似马,头生一角。唐敖道:"请教九公,这个独角兽自然是麒麟,西边那个青兽

多九公　林之洋　唐敖

可是狻猊?"多九公道:"西林正是狻猊,大约又来骚扰,所以麒麟带着众兽赶来。"

只见狻猊喘息片时,将身立起,口中叫了两声,旁边撺出一只野猪,扇着两耳,一步三摇,倒像奉令一般,走到跟前,将头伸出,送到狻猊口边。狻猊嗅了一嗅,吼了一声,把嘴一张,咬下猪头,随将野猪吃入腹中。林之洋道:"这个野猪,据俺看来,生得甚觉悭吝,哪肯真心请客。他的意思,不过虚让一让,那知狻猊并不推辞,居然吃了。想必狻猊腹饥,大约吃饱就要争斗了。"

正自指手画脚谈论狻猊,不意手中那个细鸟,忽又鸣声震耳,连忙用手乱摇,哪肯住声。狻猊听了,把头扬起,顺着声音望了一望,只听大吼一声,带着许多怪兽,一齐奔来。三人大吃一惊,遂急急逃回船里,方才无事。

两面国

话说,林之洋的海船,离了白民国以后,行了多日,到了两面国,唐敖要去走走。多九公道:"此国离海甚远,向来路过,老夫从未至彼。唐兄今既高兴,倒要奉陪一走。但老夫自从东口山跌了一跤,被石块垫了脚胫,虽已痊愈,无如上了年纪,气血衰败,每每劳碌,就觉得痛,近来只顾奉陪畅游,连日竟觉步履不便。此刻上去,倘道路过远,竟不能奉陪哩。"唐敖道:"我们且去走走。九公如走得动,同去固妙,倘走不动,半路回来,未为不可。"

于是约了林之洋,一齐上岸。走了数里,远远望去,并无一些影响。多九公道:"再走一二十里,原可支持,唯恐回来费力,又要疼痛,老夫只好失陪了。"

林之洋道:"俺闻九公带有跌打妙药,逢人施送,此时自己有病,为甚倒不多服?"多九公道:"只怪彼时少喝两服药,留下病根,今已日久,服药恐亦无用。"林之洋道:"俺今日匆忙上来,未曾换衣,身穿这件布衫,又旧又破。刚才三人同行,还不理会,如今九公回去,我同妹夫一路行走,他是儒巾绸衫,俺是旧

唐敖

180　　　帽破衣,倒像一穷一富。若教势利人看见,还肯睬俺么?"多九公笑道:"他不睬你,你就对他说,俺也有件绸衫,今日匆忙,未曾穿来,他必另眼相看了。"林之洋道:"他果另眼相看,俺更要摆架子、说大话了。"多九公道:"你说什么?"林之洋道:"俺说俺不独有件绸衫,俺家中还开着当铺,还有亲戚做着大官。这样一说,只怕他们还有酒饭款待哩。"说着同唐敖去了。

多九公回船,腿脚甚痛,只得服药歇息,不知不觉,睡了一觉。及至睡醒,疼痛已止,足疾竟已平复,心中着实畅快。正在前舱同徐承志闲谈,只见唐、林二人回来,因问道:"这两面国是何风景?为何唐兄忽穿林兄衣帽,林兄又穿唐兄衣帽?这是何意?"

唐敖道:"我们别了九公,又走十余里,才有人烟。原要看看两面是何形状，谁知他们个个头戴浩然巾，都把脑后遮住，只露一张正面却把那面藏了，因此并未看见两面。小弟上去问问风俗，彼此一经交谈，他们那种和颜悦色，满面谦恭光景，令人不觉可爱可亲，与别处迥不相同。"

林之洋道："他同妹夫说笑，俺也随口问他两句，他掉转头来，把俺上下一望，陡然变了样子，脸上冷冷的，笑容也收了，谦恭也免了，停了半晌，他才答俺半句。"

多九公道："说话只有一句、两句，什么叫作半句？"林之洋道："他的说话虽是一句，因他无情无绪，半吞半吐，到俺耳中，却只半句。俺因他们个个把俺冷淡，后来走开，俺同妹夫商量，俺们彼此换了衣服，看他可还冷淡，顿时俺就穿

起绸衫,妹夫穿了布衫,又去找他闲话。哪知他们忽又同俺谦恭,却把妹夫冷淡起来。"

多九公叹道:"原来所谓两面,却是如此!"唐敖道:"岂但如此,后来舅兄又同一人说话,小弟暗暗走到此人身后悄悄把他浩然巾揭起,不意里面藏着一张恶脸,鼠眼鹰鼻,满面横肉。他见了小弟,把扫帚眉一皱,血盆口一张,伸出一条长舌,喷出一股毒气,霎时阴风惨惨,黑雾漫漫。小弟一见,不觉大叫一声,'吓杀我了!'再向对面一望,谁知舅兄却跪在地下。"

多九公道:"唐兄吓得喊叫也罢了,林兄忽然跪下,这却为何?"林之洋道:"俺同这人正在说笑,妹夫猛然揭起浩然巾,识破他的行藏,顿时他就露出本相,把好好一张脸变成青面獠牙,伸出一条长舌,好像一把钢刀,忽隐忽现。俺怕他暗处杀人,心中一吓,不由我腿就软了,望着他磕了几个头,这才逃回。九公! 你想这可不是怪事?"

多九公道:"诸如此类,也是世间难免之事,何足为怪!老夫虚长几岁,却经历不少。投其所以,大约二位语不择人,失于检点,以至如此。幸而知觉尚早,未遭其害。此后择人而语,诸事留心,可免此患了。"

当时唐、林二人换了衣服,四人闲谈,因落雨不能开船。到晚,雨虽住了,风仍不止。正要安歇,忽听邻船有妇女哭声,十分惨切。

唐敖即命水手探听,原来也是家乡货船,因在大洋遭风,船只打坏,所以啼哭。唐敖道:"既是本国船只,同我们

却是乡亲,所谓'兔死狐悲',今既遭难,好在我们带有匠人,明日不妨略为躭搁,替他修好,也是一件好事。"林之洋道:"妹夫这样,甚合俺意。"遂命水手过去,告知此意。那边甚是感激,止了哭声,因已晚了,命水手前来道谢,大家安歇。

天将发晓,忽听外面喊声不绝。唐敖同多、林二人忙到船头,只见岸上站着无数强盗,密密层层,约有数十人,都执器械,头戴浩然巾,面上涂着黑烟,个个腰粗膀阔,口口声声,只叫:"快拿买路钱来!"

三人因见人众,吓得魂飞魄散。林之洋只得跪在船头道:"告禀大王,俺是小本经营,船上并无多货,哪有银钱孝敬?只求大王饶命。"那为首的强盗大怒道:"同你好说也不中用!且把你性命结果了再讲!"手举利刃,朝船上奔来。忽见邻船飞出一弹,把他打的仰面跌翻。只听得"唰唰唰"弓弦响处,那弹子如雨点一般打将出去,真是弹无虚发,每发一弹,岸上即倒一人。

这时唐敖看那邻船有个美女,头上束着蓝绸包头,身穿葱绿箭衣,下穿一条紫裤,立在船头,左手举着弹弓,右手拿着弹子,对准强人,只拣身长体壮的,一个一个打将出去,一连打倒十余条大汉。剩下的许多软弱残兵,发一声喊,一齐动手,把那跌倒的,三个抬着一个,两个拖着一个,四散奔逃。

唐敖同多、林二人走过邻船,拜谢女子援救之恩,并问姓氏。女子还礼道:"婢子姓章,祖籍中原。请问三位长者上姓?贵乡何处?"唐敖道:"他二人一姓多,一姓林。老夫姓唐,名敖,也都是中原人。"女子道:"原来如此。"唐敖道:"小姐为何至此?"

女子道:"婢子随父亲至外洋贩货,去年父母相继去世,婢子只得带着乳母,同回故乡,不意昨日在洋遭风,船只伤损。幸蒙长者命人道及盛意,正在感激,适逢贼人行劫,婢

子因感昨日之情，所以拔刀相助。"

　　唐敖、多、林诸人，听了大喜。忽见前面尘头滚滚，喊声渐近，又来许多草寇。个个头戴浩然巾，手执器械，蜂拥而至。为首大盗，头上双插雉尾，手举一张雕弓，大声喊道："何处来的女子，擅敢伤我喽啰？"手举弹弓，对准那女子道："且吃我一弹。"只听弓弦一响，弹子如飞而至。众喽啰刀枪并举，喊声不绝。那女子立时拿着弹弓，放了一弹，正中大盗面上，就又连放数弹，打倒多人。众喽啰见首领已经打伤，明知抵敌不过，只得抬了首领，纷纷退去。

　　唐敖见群盗逃窜，十分感佩那女子，便邀那女子过船叙谈。林之洋命人过去修理船只。过了一日，船只修好，那女子归心如箭，就别了唐敖众人急急回国。林之洋和多九公也收拾开船，往各处去做买卖。

国韵故事汇